KB094564

헨리 4세 2부
The Second Part of Henry the Fourth

국립중앙도서관 출판시도서목록(CIP)

헨리 4세 2부 / 셰익스피어 지음 ; 김정환 옮김. — 서울 : 아침이슬, 2012
    p. ;   cm. — (셰익스피어 전집 ; 17)

원표제: The Second Part of Henry the Fourth
원저자명: William Shakespeare
영어 원작을 한국어로 번역
ISBN 978-89-6429-125-2 04840 : ₩10000
ISBN 978-89-6429-132-0(세트)

영국 희곡[英國戲曲]

842-KDC5
822.33-DDC21   CIP2012004213

헨리 4세 2부
The Second Part of Henry the Fourth

헨리 4세 2부

셰익스피어 지음 | 김정환 옮김

아침이슬

일러두기

운문과 산문 구분을 명확히 했고, 행갈이를 원문과 똑같이 맞추었다. 각 작품을 잘 쓰인 시집 한 권 대하듯 읽으면 적당할 것이다.

등장인물

소문 연극 도입 역

에필로그

헨리 4세 왕

해리 왕세자 훗날 헨리 5세

랭커스터의 존 왕자

글로스터 공작 험프리 ⎤

클래런스 공작 토머스 ⎦ 헨리 4세 왕의 아들들

노섬벌랜드 백작 퍼시, 역도 쪽

노섬벌랜드 부인

퍼시 부인 그 아들 핫스퍼('뜨거운 박차')의 미망인

트래버스 노섬벌랜드의 하인

모든 슈루즈버리 소식을 들고 온 자

대주교 요크 대주교 스크로우프

바돌프 경 ⎤

모브레이 경 문장원 총재 토머스 모브레이

헤이스팅스 경 ⎥ 헨리 4세 왕에게 반기를 든 역도들

존 코울빌 경 ⎦

수석 재판관

그의 하인

가워 전령

존 폴스타프 경 ⎤

그의 시동

바돌프 ⎥ '이런저런 익살꾼들'

포인즈

피스톨('권총') 기수 ⎥

피토 ⎦

미세스 퀴클리('재빨리') 여인숙 여주인

돌 티어시트('인형' '뜯어내도 괜찮은 쪽') 창녀

스네어('올가미') ─┐
                   ├ 경관들
팽('독이빨') ─┘

워릭 백작 네빌 ─┐
                │
서리 백작   │
                │
웨스트모얼랜드 백작 ─┤ 헨리 왕의 옹호자들
                │
하코트   │
                │
존 블런트 경 ─┘

로버트 섈로우('천박한') ─┐
                          ├ 시골 재판관들
사일런스('침묵') ─┘

데이비 섈로우의 하인

랠프 모울디('곰팡이 낀') ─┐
                           │
사이먼 섀도우('그림자')   │
                           │
토머스 워트('사마귀') ─┤ 헨리 왕 쪽으로 전투 소집된 사람들
                           │
프랜시스 휘블('연약한')   │
                           │
피터 불카프('수송아지') ─┘

문지기 노섬벌랜드 집안의

술집 급사들

교구 관원들

남자 하인들

전령

스니크('살금살금') 및 다른 악사들

수석 재판관의 부하들, 병사들 그리고 시종들

대사에 나오는 외국 명

프리암 트로이 전쟁 당시의 트로이 왕

아키토펠 다윗 왕을 배신하고 압살롬에게 반역을 하라고 부추긴 신하

갈렌 갈레노스. 2세기 후반에 활약했던 그리스 의사

야벳 창세기 노아의 아들로 모든 유럽인의 조상으로 여겨진다.

플루토 그리스 신화 지하세계의 신

아이렌 그리스 신화 평화의 여신 이레네. 제우스와 테미스의 세 딸 중의 한 사람

케르베로스 그리스 신화 지하세계를 지키는 머리 셋 달린 개

아트로포스 운명의 여신 세 자매 중 운명의 실을 가위로 끊는 여신

넵튠 그리스 신화 바다의 신

아무라트 터키 술탄 무라드 3세. 1574년 왕위를 계승하면서 그의 형제들을 사형시켰
　　　　다. 터키는 근대 초기 영국에서는 잔혹과 폭정의 대명사였다.

레테 강 지하세계 하데스에 있는 망각의 강

코페투아 왕 대중 민요 '거지와 왕'에 나오는 거지와 결혼한 아프리카의 왕

알렉토 그리스 로마 신화의 세 자매의 복수의 여신 중 하나

도입

와크워스, 노섬벌랜드 성 바깥

소문, 혓바닥들이 잔뜩 그려진 옷을 입고 등장

소문 여러분 귀를 여세요, 누가 틀어막는답니까
　　 듣는 구멍을. 목소리 큰 소문이 말을 하겠다는데?
　　 저는 해 뜨는 동쪽에서 해 지는 서쪽까지
　　 바람을 파발마 삼아, 끊임없이 알려 줍니다,
　　 이 지구라는 공 위에서 벌어지는 일들을 말이죠.
　　 내 혀 위에 올라탄 지속적인 중상모략을,
　　 내가 온갖 나라 말로 발음하여,
　　 사람들 귀를 꽉 채우죠, 거짓 보고로.
　　 난 평화를 말해요, 은밀한 적개심이
　　 짐짓 안전의 미소를 지으며 세계를 해코지 중인데도.
　　 게다가 소문 말고, 나 말고 누가,
　　 시킬 수 있겠습니까, 겁주는 모병과 준비된 방어를,
　　 시절의 배가 남산만 하지만 그 속에 든 것은 어떤 다른 불만
　　 들이고,
　　 엄혹한 폭군인 전쟁이 자기 자식을 밴 거라고 생각한들,
　　 말짱 허당인 그런 때에 나 말고 누가? 소문은 피리입니다,

추측이 부는 거죠. 시기심의 억측이 부는 피리,

구멍 연주가 너무 쉽고 너무도 뻔해서

머리가 수없이 달린 그 아둔한 괴물

늘 불만에 찌든 오락가락 군중도,

불 수 있다는 거 아닙니까. 근데 전 정말 쓸데없이

누구나 잘 아는 제 몸을 까발리고 있는 거네요

더군다나 우리끼리 모인 자리에서, 그쵸? 소문이 왜 여기에?

해리 왕의 승전 소식을 전하러 먼저 뛰어왔지요.

슈루즈버리의 피비린 전장에서

그가 젊은 핫스퍼와 그의 부대를 격파했습니다,

대담한 반란의 불길을

바로 그 역도의 피로 꺼 버린 겁니다. 근데 아뿔싸 어쩌자고

내가 초장에 이렇게 진실을 전하는 거지? 내 임무는

시끄럽게 떠들어 대는 거 아닌가, 해리 몬마우스가 죽었다

고결한 핫스퍼의 격노한 칼을 맞고 죽었다고,

그리고 왕은 더글라스의 분노 앞에

기름 부음 받은 그 머리를 죽음처럼 낮게 숙였다고.

난 그런 소문을 온갖 시골 읍에 퍼트리며 왔어요,

왕이 싸우던 슈루즈버리 전장에서

이 벌레 먹은 누더기 돌맹이의 요새까지,

바로 이곳에 핫스퍼의 아버지, 노섬벌랜드 노인이,

병을 핑계 대고 누워 있고요. 전령들이 기를 쓰고 달려오기는 하는데,

그들 중 내가 퍼트린 소문과

다른 소식을 들고 오는 자 한 명도 없습니다. 소문의 혓바닥
에서
　　그들 모두 부드러운 위안의 거짓말, 진정한 상처보다 더 나
쁜 말을 받아 오는 거지요.

　　　　퇴장

제1막

공화국은 스스로의 선택을 지켜워하고 있소,
그들의 게걸스런 사랑이 이제 식상한 거지.
그런 주거지는 어지럽고 불안정하오
평민의 마음에 집을 짓는 자의 주거지 말이오.

1막 1장

장면 계속

한쪽 문에서 바돌프 경 등장. 그가 무대를 가로질러 다른 쪽 문으로 간다.

바돌프 경 누가 문을 지키는가, 호?

〔위에서 문지기 등장〕

백작께선 어디 계시는가?

문지기 누구시라고 여쭐까요?

바돌프 경 백작께

바돌프 경이 예 와 있다고 전하시게.

문지기 주인님이 과수원으로 산책을 드셨습니다.

번거롭지 않으시다면 나리께서 직접 문을 두들겨 보십시오,

주인님이 몸소 나오실 겝니다.

노섬벌랜드 백작 다른 쪽 문에서 등장, 환자 형용으로, 지팡이를 들고 취침용 모자를 썼다

바돌프 경 저기 오시는군.

문지기 퇴장

노섬벌랜드 무슨 소식이오, 바돌프 경? 매 분이 지금은

모종의 새로운 전략의 아버지일 밖에 없구려.

난폭한 시간이오, 다툼이, 너무 많이 먹은

말처럼, 고삐 풀린 미치광이로,

제 앞의 모든 것을 내리찍고 있으니.

바돌프 경 고귀하신 백작님,

슈루즈버리에서 온 소식입니다.

노섬벌랜드 좋은 소식이기를, 하지만 하나님 뜻대로.

바돌프 경 마음에 더할 나위 없이 좋은 소식입니다.

왕이 거의 치명상을 입었습니다.

그리고, 백작님 아드님 나리의 홍복으로,

해리 왕세자가 즉결 처분되었습니다. 블런트 형제 모두

더글라스의 손에 목숨을 잃었구요, 어린 왕자 존

그리고 웨스트모얼랜드 및 스태포드는 전장을 도주했습니다.

그리고 해리 몬마우스의 디룩 돼지, 뚱땡이 존 경은

백작님 아들한테 사로잡혔습니다. 오, 이런 날,

이렇게 싸우고, 이렇게 치르고, 또 이렇게 말끔한 승리를 거

둔 날이,

역사의 한 페이지를 장식한 적은 이제껏 없었습니다,

시저 원정 이래 처음이죠!

노섬벌랜드 어떻게 들은 소식이오?

전장을 직접 보시었소? 슈루즈버리에서 오신 거요?

바돌프 경 그곳에서 온 사람과 제가 이야기를 나누었는데,

교양과 명성을 갖춘 그분이,

거리낌 없이 사실로 전해 준 내용입니다.

트래버스 등장

노섬벌랜드 우리 집 하인 트래버스가 오는 군, 내가
　　　　지난 화요일 소식을 알아 오라고 보냈던 아이요.
바돌프 경 백작님, 제가 도중에 저 사람을 앞질러 말 달려 왔으니,
　　　　그가 가져온 소식이래봤자
　　　　제가 드린 말씀 그대로 옮기는 것 이상이 아닐 겁니다.
트래버스 주인님, 바돌프 경께서 절 따돌리신 것은
　　　　즐거운 소식을 갖고서죠. 더 좋은 말을 탔으니
　　　　저를 앞지르신 거구요. 저분 뒤로 마구 박차를 가하며 왔어요,
　　　　너무 급히 달려오느라 거의 탈진 상태인 신사 한 분이,
　　　　제 곁으로 와서는 잠시 고삐를 늦추어 그의 피투성이 말이
　　　　숨 고를 틈을 주더군요.
　　　　그가 제게 체스터로 가는 길을 물었고, 저는 그에게
　　　　슈루즈버리 소식을 아는 대로 말해 달라 했는데요.
　　　　그의 말에 의하면 반란은 불운을 겪었고,
　　　　젊은 해리 퍼시의 박차는 차갑게 식어 버렸다고.
　　　　그렇게 말하고 그는 말이 알아서 가게 하더니,
　　　　몸을 앞으로 굽히며, 장화 뒤축 박차로 쳐 댔어요
　　　　그 불쌍한 파김치 말의 헉헉대는 옆구리를
　　　　박차 톱니바퀴로 말이죠. 그렇게 출발하니,
　　　　마치 길을 허겁지겁 집어먹을 사람 같았고,
　　　　저는 그 이상 물어볼 겨를이 없었고요.
노섬벌랜드 그렇다? 다시 말해 보아라.
　　　　젊은 해리 퍼시의 박차가 차게 식었다고 했단 말이냐?

핫스퍼, 뜨거운 박차가, '차게 식은 박차'라고? 반란이
불운을 겪었다?

바돌프 경 백작님, 제가 말씀을 드리지요.
백작의 아드님인 그 젊은 나리가 승리한 것이 아니라면,
제 명예를 걸고 말하건대, 옷끈 하나 값에
제가 저의 남작 작위를 팔겠습니다. 그런 얘기 입에 올릴 것
도 없어요.

노섬벌랜드 그렇담 말 타고 트래버스를 지나갔다는 그 신사가 왜
그런 패전 사례를 열거했단 말이오?

바돌프 경 누구, 그자요?
뭐 별 볼 일 없는 사람이 훔쳤던 거죠
그가 타고 있던 그 말 말입니다, 그래서, 제 목숨을 걸고,
되는대로 지껄인 거구요.

　〔모든 등장〕
아, 저기 소식이 또 오네요.

노섬벌랜드 그렇군요, 저 사람 이마는, 책의 삽화 표지인 듯,
비극적인 책 내용을 미리 알려 주는구려.
오만한 밀물이 밀려와
찬탈의 흔적을 남겨 놓은 바닷가 땅의 표정이 저럴까.
이보게, 모튼, 슈루즈버리에서 오는 것인가?

모튼 슈루즈버리에서 내처 달려왔사온데, 고매하신 주인님,
그곳에서는 혐오스런 죽음이 자신의 가장 추악한 가면을 쓰고
우리 편을 겁에 질리게 하였습니다.

노섬벌랜드 내 아들과 형님은 어떻게 되었느냐?
네가 몸을 떠는구나, 창백한 네 두 뺨이

네 혀보다 더 적절하게 심부름 결과를 말해 주고 말이다.

바로 이런 사내, 이렇게 진 빠지고, 이렇게 풀 죽고,

이렇게 멍하고, 이렇게 낯빛이 사색이고, 이렇게 슬픔에 휩싸인 사내가

칠흑의 밤 프리암의 커튼을 열어젖혔지,

그리고 말하려 했을 게다, 트로이의 절반이 불에 탔다고,

그러나 프리암이 불을 본 게 먼저였어, 사내가 제 혀를 찾은 것보다 더,

그렇게 나 또한 네 보고를 듣기 전에 나의 퍼시의 죽음을 알아차렸나니.

네가 하고자 하는 말은 이런 내용일 터, '당신 아들은 이랬고 또 저랬소,

당신 형은 이랬고, 고결한 더글러스는 이렇게 싸웠소',

굶주린 내 귀를 그들의 용감한 행동들로 채워 버릴 터,

하지만 결국은, 아예 내 귀를 막아 버리며,

너는 한숨으로 그 모든 예찬을 날려 버리겠지,

결론은 '형, 아들, 그리고 모두 죽었다' 라.

모튼 더글러스는 살아 있어요. 백작님 형님분도 아직은,

그러나 나리 아드님은—

노섬벌랜드 그래, 그가 죽었구나.

의심의 혓바닥은 정말 날래지 않은가!

겁이 날 뿐 알고 싶지 않은 자가

남의 눈 표정을 보고 본능적으로 알아차린다

두려워했던 일이 벌어졌다는 것을. 하지만 말해 다오, 모튼.

백작인 나의 예언이 거짓이라고 감히 말해 다오,

　　　　나는 그 말을 달콤한 모욕으로 여기고,

　　　　내게 이런 짓을 한 대가로 널 부유하게 만들어 줄 것이니.

모튼　나리처럼 높으신 분을 제가 어찌 감히 반박하오리까,

　　　　나리의 예감은 너무도 진실되고, 나리의 두려움은 너무도
　　　분명한지라.

노섬벌랜드　하지만 그 모든 것에도 불구하고, 퍼시가 죽었다는 말
　　　은 말라.

　　　　네 두 눈에 낯선 고백이 보이는구나—

　　　　네가 머리를 흔들어, 두려움 혹은 죄의식이

　　　　진실의 발설을 막는다는 거지. 그가 살해되었으면, 그렇다
　　　고 말하라.

　　　　그의 죽음을 고하는 혀가 무슨 죄겠는가,

　　　　정말 나쁜 놈은 죽은 자를 곡해시키는 자이다,

　　　　죽은 사람 살아 있지 않다고 말하는 자가 아니라.

　　　　다만 반갑잖은 소식을 맨 처음 들고 오는 자

　　　　감사를 못 받을 뿐이지, 그의 혀가

　　　　그 후 영영 애도의 소리로

　　　　떠난 친구의 조종을 울리는 걸로 기억되기도 하고.

바돌프 경　전 도저히 생각할 수 없습니다, 백작님, 아드님께서 죽
　　　었다고는.

모튼　〔노섬벌랜드에게〕죄송하옵게도 제가 나리께 보시라고 감히
　　　들이밀기는 합니다만,

　　　　그 광경을 제가 안 보았더라면 얼마나 좋았을까요.

　　　　하지만 저의 이 두 눈으로 보았습니다, 피투성이 아드님께서,

　　　　힘없이 응수하는, 지치고 헉헉대는 것을,

상대는 해리 몬마우스, 그의 신속한 분노의 일격이 쓰러트
렸어요

  결코 굴한 적 없던 그 퍼시를, 땅바닥에,
  그리고 다시 살아 일어나지를 못했습니다.
  요컨대, 그의 죽음은. 그의 정신이 가장 아둔한
  농사꾼 병사까지 불타오르게 했건만,
  알단 소식이 전해지자, 불과 열기를 걷어 갔습니다
  그의 부대 최상급 용맹을 갖춘 병사들로부터요.
  그의 무쇠로 단련된 부대였기에,
  그의 무쇠가 일단 무뎌지니까, 나머지는 모두
  슬금슬금 뒤로 빠지는 거예요. 둔하고 무거운 납처럼.
  그리고, 무게가 나가는 것들이
  누가 강제로 움직이면 걷잡을 수 없는 속도를 내는 것처럼,
  그렇게 우리 편 군인들도. 핫스퍼를 잃어 기분이 무거운,
  그 무게에 겁먹은 마음을 가하여 어찌나 날랜지
  과녁을 향해 날으는 화살보다도 더 빨리,
  우리 편 병사들이, 자기들의 안전을 향해,
  전장을 달아나 버렸습니다. 그리고 나서 그 고결한 우스터
  또한 포로로 잡혔지요. 그리고 그 맹렬한 스코틀랜드인
  그 피비린 더글라스는. 그의 능수능란한 칼이
  왕 비슷하게 생긴 자를 세 번 죽이고 난 후,
  용기를 잃기 시작했고, 정말 허락하더군요. 수치
  등 돌린 자들의 수치를. 그리고 그 자신도 달아나다가,
  겁에 질려 발을 헛딛고 넘어져. 잡혔고요. 한마디로
  왕이 이겼고, 파견했습니다

신속 이동군을, 목표는 백작님, 바로 나리이고,

지휘관은 어린 랭커스터

그리고 웨스트모얼랜드고요. 소식은 이게 전부입니다.

노섬벌랜드 애도는 나중에 해도 되리라.

독 안에 약이 들었다더니. 이 소식들은,

내가 몸이 괜찮았더라면, 나를 병들게 했을 것이나,

내가 병든 상태이므로, 어느 정도는 나를 낫게 해 주는구나.

그리고, 비참한 자, 열병으로 약해진 관절이,

힘없는 돌쩌귀처럼, 삶의 무게에 무너져 내리는 비참한 자가,

자신의 발작을 참지 못하여, 불처럼 발발,

간호사의 팔을 뿌리치고 홀로 서듯, 바로 그렇게 나의 팔다

리도,

슬픔에 허약해졌으나, 이제 슬픔으로 격노,

원래보다 세 배의 몫을 하나니.

〔그가 지팡이를 내던져 버린다〕

꺼져라 그러므로. 남자답지 못한 지팡이로다!

비늘 갑 장갑이 무쇠 팔다리와 함께

이 손에 마땅하리라.

〔그가 취침용 모자를 움켜쥔다〕

그리고 꺼져라, 너 병색의 모자도!

너는 너무나 연약한 호위병, 왜냐면 내 머리를

치려는 것은 승리의 고기 맛을 본 왕자들이거든.

이제 내 이마를 무쇠로 묶고, 다가가련다

가장 지랄 같은 그 시간, 시절과 역경이 불러와

분노한 노섬벌랜드를 감히 위협하려는 그 시간을 향해!

하늘이 땅에 입을 맞출 테면 맞추라지! 이제 자연의 손이
광포한 홍수를 방류하거나 말거나! 질서가 죽든 말든!
그리고 이 세상이 무슨 연극 무대나 되는 양
질질 끄는 식으로 싸움을 키우는 짓도 이제 그만,
다만 첫아들 카인의 정신 하나가
온갖 가슴을 지배케 할 것, 그리하여 각자의 심장이
피비린 경로를 좇아, 난폭한 장면이 끝날 수 있도록,
그리고 어둠이 죽은 자들을 묻어 줘 버리기를!

바돌프 경 마음씨 고우신 백작님, 지혜를 당신의 명예와 이혼시키
지 마십시오.

모튼 주인님이 사랑하는 온갖 동료분들의 생명이
주인님 건강 상태에 기대고 있는데, 그것이, 주인님께서
폭풍 같은 격정에 몸을 맡기신다면, 분명 무너질 밖에 없어요.
전쟁의 결과를 가늠해 보시고, 나의 고결한 주인님,
운 계산도 덧붙이신 연후에야. 주인님은
'군대를 일으키자'고 하셨지요. 주인님의 사전 판단은
아드님이 대결에서 질지도 모른다는 거였구요.
주인님은 알고 계셨어요, 아드님이 면도날 위를 위태롭게
걷는 중이고,
건너가기보다 떨어질 가능성이 더 많다는 것을요.
의식하셨습니다, 아드님의 살덩어리가
부상당하고 상처 입을 수 있고, 앞장서려는 그의 정신이
그를 들어 올려 거의 모든 위험 상품이 진열된 곳에 처박을
거라는 점을요.
하지만 나리께서는 말하셨지요, '진군하라'고, 그리고 그 어

느 사항도,

　　그렇게 우려되었건만, 말릴 수 없었습니다

　　그 옹고집 작전을. 그래서 어떤 일이 벌어졌나요?

　　달리 여쭙자면 이 대담한 작전의 결과라는 게,

　　혹시나 아니고 역시나 아니었습니까?

바돌프 경 이 손실에 연루된 우리 모두

　　알고 있었어요. 우리가 이렇게 위태로운 항해를 감행하고

　　나서도 살아남을 확률은 십분의 일이라는 것을.

　　그렇지만 우리는 약속된 이득을 바라고 감행했어요,

　　가능한 위험 예상을 묵살했지요.

　　그런데 우리가 졌으니, 다시 감행해 볼 밖에.

　　자, 우리 모두 병력과 물자를 내놓자구요.

모튼 지금도 늦은 겁니다. 그리고, 너무도 고결한 나의 주인님,

　　제가 분명히 들었는데, 그 사실을 감히 여쭈옵자면,

　　고매하신 요크 대주교께서 봉기하셨답니다

　　훌륭한 무장 병력을 이끌고 말입니다. 그분이야말로

　　이중의 담보로 자신의 추종 세력을 단결시키겠지요.

　　주인님, 아드님께서는 순전히 육체만 갖고,

　　순전히 병사들 그림자와 겉모습만 갖고, 싸운 겁니다,

　　왜냐면 바로 그 '반역'이란 말이 갈랐거든요

　　병사들의 행동을 그들 영혼으로부터,

　　그러니 병사들은 싸움이 메스껍고, 억지스러웠죠,

　　약 먹은 사람들처럼, 하여 그들의 무기는 오로지

　　보기에 우리 편이었으나, 그들의 사기와 영혼은,

　　이 단어 '반란'이, 꽁꽁 얼게 만든 겁니다,

연못 속 물고기처럼 말예요. 하지만 이제 대주교님께서
폭동을 종교로 바꾸시는 겁니다.
생각이 신실하고 거룩한 분으로 여기기에,
사람들은 몸과 마음 양쪽으로 그분을 따르고,
더군다나 그분은 스스로 봉기한 명분을 드높입니다.
정당한 리처드 왕의 피, 폼프릿 돌판에서 긁어모은 그 피로,
하늘로부터 자신의 싸움과 명분을 이끌어 내고,
사람들한테 말하죠. 내가 떨쳐 일어나 지키겠노라, 피 흘리
는 강토를
비대한 볼링브루크 아래 숨 막혀 죽어 가는 우리 강토를, 그
렇게.
그러면 온갖 신분 백성들이 몰려 그를 따르고요.

노섬벌랜드   나도 그 일을 미리 알고 있었다. 하지만, 솔직히,
오늘의 이 슬픔이 그것을 내 마음에서 지워 버렸던 모양이다.
함께 안으로 들자, 그리고 모두의 지혜를 모으고 찾아보자
가장 적절한 안전과 복수 방법을.
전령과 편지를 준비하고, 우리 편을 급히 모으라.
우리 편 이토록 수가 적은 적 여태 없었고, 지금처럼 아쉬운
때도 없었도다.

모두 퇴장

1막 2장
런던의 한 거리

폴스타프

존 폴스타프 경 등장, 시동이 그의 칼과 방패를 들고 뒤따른다.

폴스타프 야, 이 뚱땡이 놈, 의사가 내 오줌 보고 뭐라던?

시동 그분 말씀이, 주인님, 오줌 자체는 좋고 건강한데, 그렇지만, 그 물이 담겨 있는 부분은, 생각보다 더 병이 많을지 모른다고.

폴스타프 원 별 시러배 잡놈까지 날 놀려 먹겠다고 껄떡대니. 이 멍청하게 반죽된 진흙 덩어리, 인간의 두뇌가 기껏 짜내 봐야 우스개 솜씨가 나를 따라오겠나, 나 때문에 생겨난 우스개를 따라오겠나. 난 스스로 재치가 있을 뿐 아니라, 다른 사람의 재치를 촉발시키기도 한단 말씀. 내가 이렇게 걸어 다니는 폼이 꼭 제 새끼 한 마리 빼놓고 모조리 깔아뭉갠 암퇘지 꼴 아니겠는가. 왕세자가 네놈더러 내 시중을 들라 한 것은 필시 내가 뚱뚱하다는 걸 광고하자는 속셈이렷다, 그것도 모를까, 내가 골 빈 놈이 아니고서야. 요런 쬐끄만 흰둥말풀 아새끼, 내가 널 내 발뒤꿈치 시중들게 하느니 차라리 모자에 쓰고 다니면 딱 좋겠구만. 나도 바야흐로 인물상 마노 한번 모자에 달아 보겠다는 거지, 근데 네놈은 금테도 은테도 안 되고, 형편없는 옷을 입혀, 네 주인한테 다시 돌려보내야겠어, 보석이라구―새파랗게 젊은 왕세자 네 주인, 턱에 솜털 하나 안 난 그놈 말이다. 그놈 턱수염보다 내 손바닥 수염 나는 게 더 빠르겠다. 그런데도 서슴없이 자기 얼굴이 왕 얼굴이래요. 뭐, 하나님이 다 알아서 하시는 거지만. 아직은 터럭 한 개도 날 것 같지 않아. 왕 얼굴 동전 값어치야 유지하겠지, 이발소에서 6페니도 뜯어낼 수 없을 테니까. 그런데도 꽥꽥대는 폼이 마치 지 애비 총각 때 지는 벌써 성인식 치른 사내였다는 투란 말야. 지가 지 위신 챙기는 거야 그렇지만. 나한테서는 거의 아웃이야, 그건 분명하지. 미스터 덤블턴은 뭐라던가, 짧은 망토 및 헐렁 바지용 공단은?

시동 그분 말씀이, 주인님, 바돌프 보증으로는 줄 수가 없답니다. 바돌프 차용서도 주인님 차용서도 안 받겠답니다. 담보가 마땅찮다고요.

폴스타프 저런 성경의 그 폭식쟁이 놈처럼 지옥에 갈 놈 같으니! 헛바닥이 더 뜨겁게 타 버려라! 애비 없는 아키토펠, 사람 좋은 낯짝으로 뒤통수치는 악당 같으니, 신사한테 악수를 청하고서는 담보를 논하다니! 이것들이 머리를 짧게 깎더니 아예 최신 유행 구두에 허리띠 열쇠 꾸러미 말고는 몸에 아무것도 걸치지 않는 게야. 그러니 누가 정직한 신용으로 거래를 트려 해도, 안전이 문제가 되는 거고. 담보 운운으로 내 입 틀어막느니 아예 쥐약을 털어 넣으라고 해. 공단 22야드는 보내줄 줄 알았다, 나의 기사 신분에 맞게 말이지, 그런데 고작 '안전 보장'이라는 말 한마디를 보내다니! 하긴, 자긴 안전하게 자겠군, 풍요의 뿔을 가졌고, 헤픈 마누라 그 사이로 반짝이니.

그렇지만 눈으로 보지는 못하리로다. 길 밝혀 줄 자기 자신의 등잔이 있다고 한들. 바돌프는 어딨나?

시동 주인님 타실 말을 사러 스미스필드로 갔어요.

폴스타프 내가 그놈을 런던 성 바오로 성당 인력 시장에서 샀는데, 그놈이 내 말을 스미스필드에서 살 것이다 이거지. 갈봇집에서 마누라 하나 챙기면, 난 하인 달리고, 말 달리고, 마누라 달린 몸이실 텐데 말야.

수석 재판관과 그의 하인 등장

시동 주인님, 저기 오시는 귀족분은 바돌프 문제로 왕세자께 얻어맞고서는 왕세자를 체포했던 그분인데요.

폴스타프 〔자리를 옮기며〕 몸을 숨기자, 저자는 볼 일이 없어.

수석 재판관 〔자기 하인에게〕 저기 가는 자가 누구냐?

하인 폴스타프입니다, 수석 재판관 나리.

수석 재판관 절도 혐의 조사를 받았던 그자 말이냐?

하인 맞습니다. 주인님. 하지만 그 일 이후 슈르즈버리에서 상당한 공을 쌓았고, 제가 듣기로는, 부대 지휘권 같은 걸 부여받고 랭커스터의 존 경에게 합류하는 중이랍니다.

수석 재판관 뭐라, 요크한테로? 그를 다시 이리로 부르라.

하인 존 폴스타프 경!

폴스타프 얘야, 난 귀가 먹었다고 여쭤 드리거라.

시동 〔하인에게〕 좀 더 크게 말하세요, 제 주인은 잘 못 들으십니다.

수석 재판관 좋은 말에는 아예 귀머거리 행세를 하는 거겠지. 〔하인에게〕 팔꿈치를 잡아끌고 와, 내 저자한테 할 말이 있으니.

하인 존 경!

폴스타프 아니, 젊은 놈이 구걸을 하네! 전쟁 징집도 안 하나? 할 일이 없어? 신하가 부족하다고 왕께서 안 그러시던? 역도들은 병사가 필요 없대고? 한쪽 말고 다른 어느 쪽에도 서면 의당 안 될 일이다만, 구걸을 하니 차라리 최악의 편에 서는 게 덜 부끄럽지 않겠나, 그게 반역의 이름으로 논할 능력 이상으로 나쁜 편이라도 말이지.

하인 절 잘못 보신 겁니다, 경.

폴스타프 오해라니, 이놈. 내가 언제 널 정직한 사람이라 하더냐? 내 기사 작위와 군인 정신을 제쳐 놓고 말하건대, 그렇게 말했다면 내 목구멍이 부러 한번 그래 봤던 것이다.

하인 부디, 경, 그러시다면 경의 기사 작위와 군인 정신을 제쳐 두시죠. 그러면 제가 감히 말씀을 드릴 테니까, 내가 정직과 무관한 사람이라 하신다면 당신은 당신 목구멍으로 거짓말을 한 거요.

폴스타프 네놈 감히 그런 말 하라고 내가 허락했나? 나의 일부인 것을 내가 제쳐 두었어? 내가 허락을 했다면, 내 목을 매달아도 좋다. 네가 허락을 멋대로 가져간 거라면, 네놈은 차라리 교수형을 받는 게 더 나을걸. 냄새 잘못 맡았나라 이놈. 당장, 꺼져!

하인 경, 제 주인께서 경께 하실 말씀이 있으시답니다.

수석 재판관 존 폴스타프 경, 얘기 잠깐 나눕시다.

폴스타프 훌륭하신 나리! 하나님이 보우하사 잘 지내시기를. 나리를 나라 밖에서 만나다니 반갑습니다. 병환이 나셨다고 들었는데. 해외 요양을 가시는 중이겠지요. 나리 모습을 뵈니, 청춘이 완전히 끝났다고는 할 수 없겠으나, 나이 드신 티가 좀 나는군요. 세월의 짠 소금 맛이 배인 것 같고요. 그러니 참으로 몸 낮추어 청컨대 나리께서는 건강을 보다 더 조심스럽게 보살피시기 바랍니다.

수석 재판관 존 경, 경이 슈루즈버리로 출전하기 전에 내가 경을 소환했었소.

폴스타프 나리께 이런 말씀 어쩔까 싶습니다만, 폐하께서 약간 언짢으신 상태로 웨일즈 원정에서 돌아오셨다던대요.

수석 재판관 폐하 얘기가 아니오. 당신은 내 소환에 응할 생각이 없었소.

폴스타프 그리고 듣자니, 게다가, 폐하께서 바로 이 같은 몹쓸 놈의 중풍에 걸리셨다 하더라고요.

수석 재판관 그거야, 하나님께서 고쳐 주실 일이고! 이봅시다, 나랑 얘기 좀 하자구.

폴스타프 이 중풍이란 게, 내가 보기엔, 일종의 무기력 같은 거죠, 나리께 이런 말씀 뭐하지만, 피 속이 잠들었달까, 지랄같이 욱신거리고.

수석 재판관 도대체 그 얘기를 왜 하는 거요? 그건 그거고.

폴스타프 그 원인은 과도한 슬픔, 공부, 그리고 두뇌 난관에 바람이 든 거죠. 갈렌 선생 의서에서 읽은 바로는 그래요. 귀머거리가 된 거라고나 할까.

수석 재판관 당신이 그 병에 걸린 거 같소, 내가 말해도 듣지를 않으니.

폴스타프 아주 좋아요, 나리, 아주 좋습니다. 그보다는, 이런 말씀 어쩔까 싶지만, 귀담아듣지 않는 병, 주목하지 않는 지병을,

저는 앓고 있지요.

수석 재판관 당신 발에 쇠고랑을 채우면 당신 귀의 주의력을 회복시켜 주겠지. 난 당신의 주치의가 될 용의가 있고 말이지.

폴스타프 내가 가난한 건 욥 못지않지만, 나리, 그만큼 참을성은 없거든요. 가난한 제게 구류라는 약을 조제해 주시는 건 좋으나 저더러 나리의 환자가 되라는 처방은 거두어 주십시오. 머리 좋은 사람은 약 한 봉지가 열 봉지죠. 그냥 눈치만으로 때려잡기도 하고요.

수석 재판관 난 당신을 소환했소. 당신 목숨이 걸린 사안이었지. 내게 와서 답변을 했어야지.

폴스타프 그때 이 육군 복무법에 정통한 제 변호사에게 자문을 구했던 바, 제가 출두하지 않게 되었던 것이죠.

수석 재판관 그런데, 사실은, 존 경, 당신이 엄청난 파렴치범 혐의를 받고 있다는 거지.

폴스타프 나 정도 혁띠를 매고 다니면 엄청난 파렴치 행위일 밖에.

수석 재판관 당신 재산은 아주 미미한데, 낭비가 엄청나잖소.

폴스타프 거꾸로면 좋겠군. 내 재산이 좀 더 엄청나고 허리는 좀 더 미미했으면.

수석 재판관 당신은 청년 왕세자를 잘못된 길로 이끌었어.

폴스타프 청년 왕세자가 날 잘못된 길로 이끌었지. 난 배불뚝이 친구고, 그자가 내 인도견이니까.

수석 재판관 좋아, 아문 지 얼마 안 되는 상처를 들쑤시는 건 나도 질색이지. 당신의 슈루즈버리 낮 병역이 개즈힐 밤일을 약간은 금도금한 셈이니. 그 건을 조용히 은근슬쩍 넘어가게 해 준 안 조용한 시절에 감사해야 할 게야.

폴스타프 나리─

수석 재판관 하지만 다 잘되었으니, 더 이상 딴말 말고. 잠자는 늑대를 깨우지 말란 말이다.

폴스타프 늑대를 깨우는 거나 의심을 일삼는 거나.

수석 재판관 뭐라! 이런 양초, 다 타고 녹아내린 양초 같은 자가.

폴스타프 잔치용 댓자 양초올시다, 나리, 온통 짐승기름 덩어리죠─댓자 밀랍 얘기라면, 비대한 내 몸이야말로 내 말의 증거물 아니겠소.

수석 재판관 얼굴에 난 흰 수염 터럭 하나마다 진중함을 더하는 법이라 했거늘.

폴스타프 기름땀을 더하는 거죠, 진중함이 아니라 기름땀 방울.

수석 재판관 당신이 젊은 왕세자를 따라다니는 꼴은 흡사 그분의 나쁜 천사가 따로 없도다.

폴스타프 그게 아니죠, 나리. 나리의 불량 천사 금화는 깎인 데 투성이라 가볍겠으나, 전 누가 보든 무게 달 것도 없이 그냥 받아줄걸요. 그렇지만 어떤 면에서는, 시인컨대, 난 유통 불가 금화지. 알 수 없다구, 이런 싸구려 행상 시절에 미덕이란 채소 값도 안 되는지라 진정한 용기가 곰 꼬릴기 놀이로 둔갑한단 말이지. 머리에 뭐라도 든 놈은 급사 노릇이 고작이고, 빠른 두뇌 회전을 숙박료 계산하느라 허비하네그려. 인간의 다른 온갖 재능도, 이 시대의 앙심이 일그러뜨리니, 까치밥만도 못하게 되고 말야. 나리 같은 나이 든 분들은 우리 같은 젊은 것들의 능력을 알아주를 않아요. 우리네 간장의 뜨거움을 당신네 쓸개즙의 억하심정으로 잰단 말이오. 그리고 우리는 청춘의 가장 앞선 단계에 있는 만큼, 내 고백하지 않을 수 없거니와, 경망스러운 것도 사실이고요.

수석 재판관 당신 이름을 청춘의 두루마리 명단에 올리겠다는 건가, 온갖 세월의 글자로 쓰인 그 늙은 이름을? 당신 두 눈이 축축하고, 두 손은 거칠고, 두 뺨이 누런데다, 수염은 백발이고, 다리는 짧아지는 반면, 배는 갈수록 더 나오는 꼴 아닌가? 목소리가 갈라지고, 숨이 턱에 차고, 턱은 두 겹이고, 지능은 단순하고, 어디 하나 낡아 빠지지 않은 데가 없잖은가? 그런데도 당신이 젊다? 이런, 이런, 이런, 존 경!

폴스타프 나리, 난 오후 세 시 경 태어나 이미 머리가 허앴고, 배도 약간 볼록한 상태였소. 목소리는, 사냥개 몰고 찬송가 부르느라 망가졌고 말이오. 젊었다는 증거를, 내가 더 대지는 않겠소. 사실을 말하자면, 내가 나이 든 대목은 판단력과 이해력뿐이오. 그러니 누구든 1천 마르크를 걸고 나와 춤 시합할 사람 있으면, 판돈만 내게 꿔 주라 그래, 얼마든지 상대해 줄 테니! 왕세자가 나리 뺨싸다귀 한 대 올려붙인 건, 그거야 왕세자가 심했지, 나리께선 폼나게 맞아 주셨고 말이오. 내가 그 일로 따끔하게 왕세자 혼을 내 주었소. 그 새끼 사자가 뉘우쳤고―〔방백〕 물론, 굵은 삼베옷에 재를 뒤집어 쓴 참회는 가당찮고, 새 비단옷 입고 묵은 스페인산 백포도주 한잔 걸쳤다 이거지.

수석 재판관 어쨌거나, 하나님께서 왕세자께 좀 더 칠칠맞은 동료를 보내 주시면 좀 좋을까!

폴스타프 하나님께서 그 동료한테 좀 더 칠칠맞은 왕세자를 보내 주시면 좀 좋을까! 이거야 원 물가에 애도 아니고.

수석 재판관 어쨌거나, 폐하께서 당신과 왕세자를 떼어놓으셨구려. 당신은 랭커스터의 존 영주를 따라 대주교와 노섬벌랜드 백작을 치러 간다고.

폴스타프 그렇소, 나리도 제법 머리를 굴리십디다. 하지만 기도해야겠지, 집에서 죽치며 내 애인인 평화녀와 입이나 맞추고 있을 나리들 모두, 우리 아군이 더운 날 교전하는 일이 없도록 말이오. 왜냐, 참으로, 내가 속옷을 딱 두 벌 챙겨 가거든, 별나게 땀 흘릴 생각이 없다 이거지. 날이 더운데다 내가 술병 말고 다른 걸 휘두르는 일이 벌어진다면, 술고래 노릇도 안녕이라구요. 도대체 전투란 전투는 하나같이 내 차지가 되니. 그렇잖소, 나라고 계속 이기란 법은 없지. 근데 우리 잉글랜드라는 나라라는 데가 늘 그렇거든, 좋은 게 있어도, 너무 흔하게 취급한단 말이지. 나리 말씀대로 내가 늙은이라면, 쉽게 해 줘야지. 이렇게 내 이름이 적들한테 아직도 무시무시하게 들려서야. 녹한테 몸을 야금야금 갉아먹혀 죽는 게 더 낫지 젠장 내도록 빨빨거리다 진을 다 빨릴 참이니.

수석 재판관 하여간, 입만 열면 새빨간 거짓말이군. 부디 정직하시오, 장도에 무운을 비는 바이고.

폴스타프 나리께서 내게 천 파운드만 빌려 주시겠소, 군장 좀 갖추게?

수석 재판관 한 푼도 못 주지, 단 한 푼도. 당신처럼 참을성 없는 사람이 십자가 은동전을 질 수 있겠는가. 몸조심하게. 내 친척 웨스트모얼랜드한테 안부 전해 주고.

수석 재판관과 그 하인 퇴장

폴스타프 내가 안부를 전하면, 장정 셋이 드는 쇠망치로 날 쳐도 좋다. 나이와 탐욕을 분리하는 건 팔팔한 사지육신과 색욕을 서로 떼어놓는 만큼이나 어려운 법, 다만 통풍이 나이를 엿먹이고 매독이 젊음을 귀찮게 한다 이거지, 그렇게 두 상태 모두 내가 받을 저주를 미리 알려 주고 말야. 이놈아!

시동 주인님.

폴스타프 지갑에 돈이 얼마 있지?

시동 4펜스 동전 일곱 개하고 1페니 동전 두 개요.

폴스타프 이 그놈의 지갑 폐결핵은 도무지 약이 없단 말야. 돈을 꿔 봐야 겨우 겨우 목숨 연명이 고작이니, 불치병 아닌가. 〔편지들을 주며〕 이 편지를 랭커스터 영주님께 갖다드려라, 이건 왕세자께, 이건 웨스트모얼랜드 백작에게, 그리고 이건, 오랜 친구 어슬라 부인한테, 턱에 첫 흰수염 난 거 본 이래 내가 매주 결혼을 약속했던 마님이지. 어서 가. 나 있는 곳은 잘 알렸다.

〔시동 퇴장〕

이런 매독 걸릴 통풍 같으니!─혹은 통풍 걸릴 매독 같으니!─둘 중 하나 때문에 엄지발톱이 엉망이란 말이지. 절뚝거려도 문제는 전혀 없지, 전쟁이라는 핑계가 있잖나, 연금 받을 이유도 더 그럴듯해 보일 거고. 머리 좋은 놈은 온갖 걸 활용하는 법. 난 질병을 팔아 먹겠단 말씀.

퇴장

1막 3장

요크, 대주교 궁전

요크 대주교, 토머스 모브레이 문장원 총재, 헤이스팅스 경, 그리고 바돌프 경 등장

요크 대주교 이제 여러분께서 우리의 명분을 듣고 우리 쪽에 준비된 병력을 아셨소이다.
    그러니, 참으로 고결한 나의 친구분들, 부디 모두
    툭 터놓고 말씀해 주시오, 우리의 성공 가능성에 대한 여러분의 의견을.
    우선, 문장원 총재, 귀하 생각은 어떠신가요?

모브레이 우리가 무기를 드는 명분은 충분하다고 봅니다만,
    설명을 더 들었으면 좋겠군요.
    어떻게 지금 병력으로 우리가 진군을 하여
    더없이 당당하고 드넓은 이마를 하고 노려보겠소,
    왕의 권세와 세력을.

헤이스팅스 현재 우리가 소집한 병력은 목록대로라면
    정예병 2만 5천에 이르고,
    지원군은 주로 그분
    위대한 노섬벌랜드 그분께 달렸는데, 그분의 가슴은 타고 있소,

모욕당한 분노의 불로 말이오.

바돌프 경 그렇다면 문제는, 헤이스팅스 경, 이렇다고 하겠습니다.

우리의 지금 병력 2만 5천이

노섬벌랜드 없이도 이길 수 있겠는가.

헤이스팅스 그분과 함께라면 이길 수 있소.

바돌프 경 그렇죠, 정말, 바로 그 점입니다.

하지만 만일 그분 없는 우리 군세를 적이 너무 얕잡아 볼지도 모른다면,

제 생각은, 우리가 너무 나가면 안 된다는 겁니다,

그분이 직접 도움을 주기까지는 말이죠.

이건 그야말로 안면에 피칠갑을 한 사안인데,

추측, 기대 그리고 짐작만으로

지원군을 당연시할 수는 없는 거 아니겠습니까.

요크 대주교 참으로 지당한 말씀이오. 바돌프 경, 정말

슈루즈버리 전투 때 젊은 핫스퍼가 바로 그런 경우였지요.

바돌프 경 그렇습니다, 추기경님. 그가 희망을 병력 삼았지요,

증원군 약속의 말을 헛되이 양식 삼았고,

예상 병력이 어쩌구 하면서 자신을 치켜세웠으나

실제 병력은 가장 작은 예상보다 훨씬 더 소규모였습니다,

그리하여, 그 엄청난 공상이

광인에게 딱 어울릴 그것이, 자신의 군대를 죽음으로 이끌고,

두 눈 감은 채 파멸로 뛰어들었던 것이죠.

헤이스팅스 하지만 내 생각에, 아직까지 해가 되었다는 소리는 못

들었소

　가능한 걸 살피고 희망의 계획을 짜는 일이 말이오.

바돌프 경　해가 되지요, 지금 전쟁의 형편이—

　정말 지금의 작전, 군사 동원된 명분의 형편이—

　그런 희망으로 연명되는 거라면. 마치 이른 봄

　움트는 새싹들을 보면 그렇잖소, 그것들이 과실로 성장하리
라는

　희망을 갖는단들 그게 무슨 보장이 되겠습니까, 서리가 그
것들을

　갉아먹을 것이라는 절망보다 크게 더 나을 게 없어요. 뭔가
를 지으려면

　우리는 우선 계획을 살피고, 그런 다음 설계도를 그리죠,

　그리고 집의 모양이 드러나면,

　세우는 데 필요한 비용을 따져 봐야 하는데,

　따져 보니 우리의 능력보다 더 부담이라면,

　그때 우리는 어떻게 하죠, 설계를 다시 해서

　방 수를 줄이던가, 아니면, 최악의 경우, 때려칠 밖에 없잖
아요.

　세우는 일 자체를? 훨씬 더 그렇죠 이런 엄청난 일은—

　거의 왕국 하나를 뿌리째 뽑아내고

　또 하나의 왕국을 세우는 일 아닙니까—우리가 살펴봐야죠,

　상황의 얼개와 그 설계를,

　확실한 근거 위에 의견을 합치고,

　건축가에게 묻고, 우리 자신의 재원이 어느 정도인지,

　어떻게 이런 일을 감행할 수 있을지,

반대 논리도 함께 달아 보고 말입니다. 그렇지 않으면
우리는 서류와 숫자로 위세를 부리는 겁니다,
병력 아닌 병력의 이름만 가용하는 것이,
흡사 집 설계도를
지을 능력 한도 너머로 그린 자가, 당연히, 중도에,
포기를 하고, 비싼 돈 들여 반쯤 지은 건물을
징징 우는 구름한테 알몸으로 노출시키고,
심술궂은 겨울의 학정에 어울릴 폐허로 두는 꼴 아니겠습니
까.

헤이스팅스 설령 우리의 희망이, 아직은 순산할 것 같지만,
만에 하나 사산으로 끝나고, 우리의 현재 병력이
우리가 기대할 수 있는 최후의 병력이라고 하더라도
난 우리 군세가 충분히 강하다고 봅니다.
지금 우리만으로도, 왕과 겨뤄 볼 만하다는 거죠.

바돌프 경 뭐요, 왕이 고작 2만 5천 병력이란 말이오?

헤이스팅스 우리한테는 그 정도요. 아니, 그 정도도 못 되지요. 바
돌프 경.
왜냐면 그의 군사 배치는, 정말 도처가 전쟁터인 시대라,
세 방향으로 나뉜 상태거든요. 한 부대는 프랑스를 막고,
한 부대는 글렌다워를 막을 테니, 부득이 남은 삼분의 일 병
력으로
우리를 상대해야 하는 거요. 부실한 왕이 그나마
셋으로 나뉘었지, 그의 금고에서 울리는 것은
헐벗은 가난의 텅 빈 소리고.

요크 대주교 혹시 그가 따로 떨어진 자신의 병력을 한데 모아

　　　　총력으로 우리를 공격하지 않을까

　　　　걱정할 필요는 없겠구려.

헤이스팅스 　설사 정녕 그리할 경우,

　　　　그자의 등이 노출되는 거죠, 프랑스군과 웨일즈군이

　　　　그의 발뒤꿈치를 사냥개처럼 물어뜯을 거구요. 걱정하실 것

　　전혀 없습니다.

요크 대주교 　누가 이리로 오는 왕의 군대를 이끌 것 같소?

헤이스팅스 　랭커스터와 웨스트모얼랜드 공작이겠지요,

　　　　웨일즈군을 겨냥해서는, 왕 자신과 해리 몬마우스일 거고요,

　　　　근데 프랑스군과 맞설 사령관에 누가 임명되었는지는

　　　　확실한 정보가 들어오지 않았습니다.

요크 대주교 　착수합시다,

　　　　우리가 군대를 일으킨 사유를 공표하고요.

　　　　공화국은 스스로의 선택을 지겨워하고 있소,

　　　　그들의 게걸스런 사랑이 이제 식상한 거지.

　　　　그런 주거지는 어지럽고 불안정하오

　　　　평민의 마음에 집을 짓는 자의 주거지 말이오.

　　　　오 어리석은 다중이로다, 얼마나 요란한 박수갈채로

　　　　너희는 볼링브루크를 축복하며 하늘을 공략했던가,

　　　　너희가 원하는 인물에 그가 달하기도 전에!

　　　　그리고 이제 너희 자신의 욕망을 갑판처럼 둘렀으니,

　　　　너희, 짐승 같은 먹이사냥꾼들이, 그자를 너무 먹은 탓에

　　　　스스로 그자를 배앝아 내려 하는도다.

　　　　그렇지, 그렇게, 너희 천한 개들, 너희들이 정말 게워 냈었

　　지,

식탐의 너희 가슴에서 리처드 왕을,

그리고 이제 너희가 토해 낸 죽은 토사물을 너희가 먹어치울 생각에,

그걸 찾아 이리처럼 울부짖는다. 이 시대 신의란 무엇인가?

리처드가 살았을 때 그가 죽기를 바랐던 자들이

이제는 그의 무덤에 홀딱 반해 버렸다.

그의 신성한 머리에 흙먼지를 던졌던 너희,

득의양양한 런던 거리 내내 그가 한숨지으며

만인 경애의 볼링브루크, 그의 발뒤꿈치를 좇을 때 그랬던 너희가,

이제 고함을 지르는구나, '오 대지여, 그 왕을 다시 내놓고,

이 왕을 데려가거라!' 오 사람들의 생각은 지긋지긋하다!

과거와 장차가 최선의 모습을 띠고, 현재라는 것은, 최악이라니.

모브레이 들어가 병력을 모으고 출발해야지 않겠습니까?

헤이스팅스 우리는 시간의 하인들이오. 시간이 가라고 하니 갈 밖에.

모두 퇴장

제2막

아뿔싸, 내가 큰 잘못을 저질렀구나,
귀중한 시간을 이토록 빈둥거리며 모독하다니,
소요의 폭풍우가, 남풍,
먹구름 실은 그것처럼 녹아 내려
무장 안 한 우리 맨 머리 위로 퍼붓기 시작하는데—

2막 1장
런던, 이스트칩 장터거리

여인숙 여주인 미세스 퀴클리, 그리고 경관 팽(과 잠시 후 그를 따라 또 한 명의 경관), 스네어 등장

미세스 퀴클리 팽 선생, 고발은 접수시켰수?

팽 접수되었지.

미세스 퀴클리 조수는 어딨소? 힘 좀 쓰는가? 계속 서서 뻗댈 수 있었어?

팽 씨나락 까먹는 소리!—스네어는 어딨소?

미세스 퀴클리 오, 맞아, 우리 스네어 선생.

스네어 〔앞으로 나서며〕여기 있네, 여기.

팽 스네어, 존 폴스타프 경을 잡아들여야 하는데.

미세스 퀴클리 맞아요, 우리 스네어 선생, 내가 그자를 몽땅 잡아들이고 먹었다니까.

팽 우리들 중 누가 죽을지도 몰라, 그자가 칼질을 할 테니.

미세스 퀴클리 저런 저런, 조심해야지. 그자가 날 찔렀다구요 바로 내 집에서, 정말 짐승처럼, 아주 제대로 말이우. 눈 하나 꿈쩍 안 하고 온갖 패악질이지. 물건을 일단 빼들면, 쑤셔대는 게 그런 악마가 없지, 사내든, 여자든, 어린아이든 얄짤없을 거야.

팽 맨손 맞짱이면, 찌르거나 말거나.

미세스 퀴클리 나도, 그거라면야. 내가 바싹 붙어 있을 테요.

팽 그자를 일단 잡기만 하면, 그자가 내 손아귀에 들어오기만 하면—

미세스 퀴클리 그자가 빠져나가면 난 끝장이지, 아암, 외상 건수가 부지기수야. 우리 팽 선생, 그자를 꼭 잡고 있으라구요. 우리 스네어 선생, 그자가 도망치게 하지 말고. 오줌 못 참는 강아지처럼 뻔질나게 파이코너—남자분들한테 이런 얘기 뭐하요만—말 시장 사창가를 들락거리니까, 말안장을 사는지 엉덩이를 사는지, 그리고 그자가 저녁 초대를 받았다우, 롬바르가 표범머리 간판집, 비단장사 스무스 선생네로 말이지. 제발 부탁이오, 내 소송 들어갔지, 속내가 대명천지에 홀딱 발가벗겨졌으니, 그자가 책임을 져야지. 1백 마르크면 없이 사는 외로운 여자가 버티기엔 엄청난 액수지, 근데 난 버텨 줬어, 버텨 주고, 대 주고, 버텨 줬다구, 근데 난 속았지, 빼갔어, 속았다구, 이날부터 그날까지, 생각만 해도 수치스러워요. 도무지 정직성이라고는 없으니 이딴 거래가 어딨어, 여자가 멍텅구리에 짐승이 되어 악당의 온갖 학대를 버텨 줘야 한다니.

〔존 폴스타프 경, 바돌프, 그리고 시동 등장〕

저기 그자가 오네요. 그 악명 높은 맘시 포도주 빨강코 악당까지 데리고. 맡은 바 일을 하셔야죠, 하세요. 팽 선생 그리고 스네어 선생, 해 줘요, 해 줘요 당신들 소임을.

폴스타프 뭐야 이거, 어느 집 암컷이 죽었나? 무슨 일이야?

팽 존 경, 퀴클리 여사 고발 건으로 당신을 체포하겠소.

폴스타프 〔칼을 뽑으며〕 물러서, 이놈들! 칼을 뽑아, 바돌프! 악당놈 머리를 잘라 버려! 저 갈보년은 도랑에 처박고!

바돌프가 칼을 뽑는다.

미세스 퀴클리 날 도랑에 처박아? 내가 네놈을 처박겠다!

  〔싸운다〕

해볼텨, 해보겠다구, 이 후레자식 놈아? 사람 죽는다, 이놈
이 사람 죽인다! 아, 이런 살맛 같으니, 네놈이 죽일 참이야,
하나님의, 그리고 왕의 관리들을? 아, 이런 살맛 불쌍놈! 네
놈은 살맛이야, 사내도 죽이고, 여자도 죽이고.

폴스타프 이놈들 막아, 바돌프!

팽 도망친다, 놓치겠어!

미세스 퀴클리 여러분들, 도망 못 가게 한두 사람 데려와요. 그래
요, 그래 줄래요? 그래, 그래 줄래요? 해봐, 해봐, 이 나쁜 놈,
해보라구, 이 목매죽일 놈!

시동 비켜, 이 부엌데기, 나쁜 년, 이 지저분한 뚱뚱보 년이! 볼
기짝을 때려 줄 테다!

수석 재판관과 그의 부하들 등장

수석 재판관 무슨 일인가! 멈추라 당장, 호!

싸움이 멎는다. 팽이 폴스타프를 잡는다.

미세스 퀴클리 착하신 나리, 제 말 좀 들어 주세요, 간청이니, 제게
서 주세요.

수석 재판관 어찌된 거요, 폴스타프 경? 아니, 여기서 싸움질이셨
소?

이게 어울리는 일이오 당신 사회적 지위에, 당신 나이와 할

일에?

　요크로 벌써 떠났어야 하잖소.

　〔팽에게〕 그분한테서 떨어지게, 자네. 왜 그분한테 매달려 있는 겐가?

미세스 퀴클리　오 제가 참으로 숭배하옵는 나리, 나리께 이런 말씀 뭐합니다만, 저는 이스트칩의 불쌍한 과부랍니다. 저자는 제가 고발하여 체포된 자고요.

수석 재판관　액수가 얼만데?

미세스 퀴클리　액수 이상이죠, 나리. 몽땅이에요. 제가 가진 것 몽땅. 그자는 절 날로 먹고 집이며 방이며 아작을 냈어요. 그자가 제 모든 알짜를 그 뚱뚱한 배 속에 처넣었다구요. 〔폴스타프에게〕 하지만 내가 얼마라도 다시 꺼내야겠다 이거지, 아니면 한 밤에 세 번을 암말처럼 덮쳐 악몽을 꾸게 만들거나.

폴스타프　암말이라면 나도 타고 싶을 것 같은데, 유리하게 올라탈 처지만 된다면.

수석 재판관　이게 무슨 소리요, 존 경? 치우시오. 성질이 아무리 무던하단들 누가 이런 욕설의 폭풍을 견디겠소? 당신 창피하지도 않소, 불쌍한 과부가 이토록 거친 막말을 절로 하게 만들다니?

폴스타프　〔여관 여주인에게〕 내가 자네한테 빚진 총액이 얼만데?

미세스 퀴클리　어라, 이 정직하지 못한 인간 좀 보게, 당신 자신을 빚졌지, 그리고 돈도. 당신 나한테 맹세했잖아 금칠도 조금 한 잔을 두고, 내 여관 돌고래 실에 앉아, 원탁에서, 바다 건너온 석탄 불 쬐며, 오순절 수요일, 왕자님 아버님을 원저 성 예배당 전문노래꾼으로 비유했다가 당신이 왕자님한테 머리가 박살났던 그날 말이지—당신은 그때 내게 정말 맹세했다구, 내가 당신 상처를 씻어 주는 중이었는데, 나와 결혼하겠다고, 날 귀부인이자 당신 아내로 만들어 주겠다고 말이지. 부인할 수 있나? 푸줏간네 '기름덩어리' 부인이 그때 들어왔잖아, 그리고 날 '퀴클리 여사'라 불렀고—들어와서 식초 좀 빌려 달라 했지, 물 좋은 참새우가 한 접시 있다면서. 그러자 당신은 맛 좀 보고 싶어 했고, 그래서 내가 당신한테 갓 상처에는 좋지 않다 말했고, 안 그랬어? 그리고 또 그랬잖아, 그녀가 아래층으로 내려갔을 때, 내가 더 이상 저런 가난한 것들과 너무 친하게 지내지 않았으면 좋겠다고, 얼마 안 가서 그들이 나를 '기사 부인'이라 부르게 될 거라면서? 그리고 당신이 내게 입 맞추지 않았어, 그리고 나더러 30실링을 갖다달라고 하지 않았어? 성경에 대고 맹세해 봐, 할 수 있으면 부인해 보라구.

그녀가 운다.

폴스타프 나리, 이거 불쌍한 미친년이오. 이년이 읍을 휘젓고 다니며 자기 맏이가 나리 닮았다고 떠벌인다구요. 한때는 잘살았지요, 그리고 진실은, 가난이 그녀를 미치게 만들었다 이거요. 하지만 이 멍청한 경관들한테는, 내가 그냥 넘어가면 안 되겠소.

수석 재판관 존 경, 존 경, 난 신물 날 정도로 잘 알고 있소, 정당한 송사를 거짓된 쪽으로 비트는 당신 수법을. 당신이 아무리 얼굴에 철판을 깔아도, 당신이 뻔뻔스럽다 못해 시건방진 헛소리를 아무리 지껄여도, 내 정의로운 판단을 위태롭게 못할 것이오. 당신이 한 짓은, 내가 보기에, 쉽게 허락하는 이 여인의 성향을 틈타 사기를 친 거야. 그녀의 지갑과 몸을 당신 맘대로 쓰라 하게끔 만들었고.

미세스 퀴클리 예, 그겁니다, 나리.

수석 재판관 자넨 좀, 가만히 있게. 〔폴스타프에게〕 그녀에게 진 빚을 갚으시오. 그리고 그녀한테 저지른 악행을 거두시오. 앞일은 페니 은화로 하고 뒷일은 진정한 참회로 할 수 있을 거요.

폴스타프 나리, 대꾸 없이 이런 면박을 당할 수는 없소. 나리는 명예로운 뱃심을 '뻔뻔스러운 시건방짐'이라 하고 있소. 누가 왼발 빼고 무릎 굽혀 절을 하고 아무 말도 안 하면, 그가 덕이 있다는 거지. 아니, 나리, 나리에 대한 내 응분의 존경심 때문에, 내가 나리의 소송인이 되지는 않겠소. 내 말은 나리께 내가 간절히 원하는 건 이 경관들한테서 날 좀 놓아 달라는 거요. 왕께서 시키신 일로 내가 무척 바쁘니 말이오.

수석 재판관 당신은 당신이 잘못을 저지를 권한을 지녔다는 말투로군. 하지만 당신 명성에 걸맞게 책임을 지시오. 불쌍한 여인을 만족시켜 주고.

폴스타프 〔옆으로 부르며〕 이리 오시게, 여주인.

　　　　그녀가 그에게 간다.
　　　　전령 가워 등장

수석 재판관 뭔가, 가워, 무슨 소식이야?

가워 폐하와, 나리, 해리 왕세자께서
　　　근처에 와 계십니다. 나머지 내용은 쪽지에 적혀 있고요.

폴스타프 난 신사니까!

미세스 퀴클리 맞아요, 전에 그렇게 말씀하셨죠.

폴스타프 난 신사니까! 자자, 그 애기는 그만합시다.

미세스 퀴클리 제가 발 딛고 선 이 신성한 땅을 걸고, 기꺼이 저당
　　　잡혀야겠지요. 식당의 접시와 벽걸이 융단 둘 다.

폴스타프 유리, 유리잔이라야지, 술을 마시려면. 그리고 당신 벽
　　　에는, 약간 코믹한 회화 한 점, 아니면 성경 돌아온 탕자 이야
　　　기, 아니면 벽에 그린 독일 사냥 수채화, 그런 게 이 따위 침
　　　대 커튼이나 이 따위 파리 갉아먹은 벽걸이 융단보다 천 배는
　　　더 값어치가 나가지. 가능하면 10파운드쯤 만들어 봐요. 자
　　　자, 당신 변덕만 아니면, 잉글랜드에 당신보다 더 나은 계집
　　　이 있을라구. 가서, 얼굴 씻고, 소송을 취하하소. 자자, 나한
　　　테 이리 굴면 안 되지. 날 모르나? 자, 난 당신이 이럴 생각인
　　　걸 알았다구.

미세스 퀴클리 제발 부탁인데, 존 경, 6파운드만 하면 좋겠는데. 정
　　　말, 접시 저당 잡히기는 싫거든요, 그러니 하나님 제발 맙소
　　　사, 아!

폴스타프 놔두슈, 내가 다른 데서 변통해 보지. 당신은 늘 바보짓
　　　을 사서 하려 든다니까.

미세스 퀴클리 알았어요, 해 드릴게요, 겉옷을 저당 잡혀서라도.
　　　저녁 드시러 오시면 좋겠네. 모두 합쳐서 다 갚아 주실 거죠?

폴스타프 그걸 떼먹고 살겠어? (바돌프와 시동에게) 그녀와 같이 가,
　　　같이 가. 따라붙어, 바싹.

미세스 퀴클리 저녁 때 돌 티어시트도 불러요?

폴스타프 말은 그만, 그래 보자구.

미세스 퀴클리, 바돌프, 시동, 팽과 스네어 퇴장

수석 재판관 〔가위에게〕 나는 더 좋은 소식을 들었는데.

폴스타프 무슨 소식요, 착하신 나리?

수석 재판관 〔가위에게〕 어젯밤 왕이 어디서 묵으셨나?

가위 베이싱스토우크에서요, 나리.

폴스타프 〔수석 재판관에게〕 바라건대, 나리, 만사형통이시겠죠.
　　무슨 소식이죠, 나리?

수석 재판관 〔가위에게〕 그의 군사가 모두 돌아온 건가?

가위 아뇨, 보병 천오백, 기병 오백이
　　랭커스터 나리께로 행군하여
　　노섬벌랜드와 대주교와 대치 중입니다.

폴스타프 〔수석 재판관에게〕 왕께서 돌아오셨답니까, 웨일즈에서,
　　재판관 나리?

수석 재판관 〔가위에게〕 내가 즉시 답신을 주겠네.
　　자, 나를 따라오게, 훌륭한 가위.

그들이 가는 중이다.

폴스타프 나리!

수석 재판관 뭐요?

폴스타프 가위 선생, 저와 함께 저녁 식사 안 하실라오?

가위 전 여기 이 나리분을 모셔야 해서요. 어쨌든 고맙습니다. 착
　　하신 존 경.

수석 재판관 존 경, 당신 여기서 너무 오래 어정대고 있소, 가면서 주민들을 입대시켜야 할 처지일 텐데.

폴스타프 저와 저녁 하시겠소, 가워 선생?

수석 재판관 대체 어떤 멍청한 선생이 이 따위 예의를 가르친 거요, 존 경?

폴스타프 가워 선생, 이런 내가 꼴사납다면, 거들떠듣지 않는 버르장머리를 가르쳐 준 자가 바로 바보겠지요. [수석 재판관에게] 이게 바로 제대로 하는 펜싱 스타일이죠, 나리—치면 받고, 좋은 사이로 말이죠.

수석 재판관 주님께 맡겨야지, 당신 무지몽매는 어쩔 도리가 없군. 참으로 대단한 바보로다.

> 수석 재판관과 가워가 한쪽 문으로, 폴스타프는 다른 쪽 문으로 퇴장

2막 2장

해리 왕세자 거처

해리 왕세자와 포인즈 등장

해리 왕세자 정말이지, 어지간히 지겹군.

포인즈 그게 그렇게 되나요? 난 지겨움이란 놈이 그토록 고귀한
   혈통한테 감히 들러붙겠나 싶었는데.

해리 왕세자 진짜야, 들러붙더라고, 그 때문에 훌륭한 안색이 그걸
   인정하느라 영 맛이 갔지만 말야. 좀 상스럽게 보이겠지, 내
   가 약한 맥주 생각이 간절하다면?

포인즈 그렇죠, 왕자라면 그렇게 약한 도수를 생각할 정도로 기
   질이 느슨해서는 안 되겠지요.

해리 왕세자 그렇다면 내 입맛은 왕자 혈통이 아닌가 보군. 왜냐
   면, 맹세코, 지금 정말 그 보잘것없는 물건 약한 맥주가 생각
   난단 말이지. 하지만 정말, 이런 비천한 궁리를 하자니 난 내
   위대한 혈통이 정나미 떨어져. 이게 무슨 망신이냐 내가 네
   이름을 기억하다니! 내일 네 얼굴을 알아볼 것도 그렇고! 네
   가 비단 양말을 몇 켤레 갖고 있는지 살피는 것도 그렇고―이
   를테면 지금 신은 이거, 전에 신은 복숭아 색 그거 식으로 말
   이지. 아니면 네 셔츠 목록을 기억한다거나―이건 여분, 이건
   사용분 그런 식으로. 하지만 그건 테니스장 관리인이 나보다

더 잘 알지, 네가 거기서 라켓을 들고 있지 않을 때는 네 아마포가 바닥났다는 얘기. 너는 라켓을 안 든 지 오래라, 왜냐면 네 나머지 낮은 지대가 위치를 바꾸어 네 아마포 네덜란드를 먹어치웠으니까. 그리고 하나님만 아시겠지 응애응애 울며 네 누더기 아마포를 헤치고 튀어나올 것들이 하늘나라로 가게 될지 어떨지—하지만 산파들은 애들이 무슨 잘못이냐더군, 걔들 덕분에 세상 인구가 늘어나구, 일족이 엄청 강력해지구 말이지.

포인즈 마무리가 형편 무인지경이오, 여태 말이랍시고 그리 낑낑매더니, 무슨 그리 쓸데없는 소리! 말해 보시오, 훌륭하고 젊은 왕자들 중 몇이나 그리하겠소, 그들 아버지가 당신 아버지처럼 몸져누워 있다면?

해리 왕세자 내 너한테 하나 일러주랴, 포인즈?

포인즈 그러시오, 정말, 아주 훌륭하고 좋은 한 마디.

해리 왕세자 너 정도 교육 수준의 대가리에 쓸모가 있는 거라야겠지.

포인즈 지랄, 당신이 일러줄 그 하나라는 거 어디 들어 봅시다.

해리 왕세자 그래, 너한테 말해 주지, 지금 나의 아버지가 몸져누워 있으니 내가 슬퍼해야 한다는 건 맞지가 않아. 다만 이 말은 네게 해 줄 수 있어, 너는 내가 선뜻, 더 나은 사람이 없어서지만, 친구라 부르는 사이니까, 난 슬플 수 있어, 정말 슬프기도 하구.

포인즈 아주 힘들게 그렇겠지, 이런 문제에서는.

해리 왕세자 아무래도, 너는 내가 악마의 책 속에 너나 폴스타프만큼이나 깊숙이 빠져 개과천선을 모르는 똥고집이라고 생각하는 모양인데. 끝에 가서 어찌되나 보자구. 하지만 너니까 털어놓자면, 내 심장이 안에서 피를 흘려요 내 아버지가 그리 아프셔서. 그런데 너같이 천한 놈과 어울려 다니니까 내게서 사라져 버린 거야 슬픔의 온갖 표시가.

포인즈 이유는?

해리 왕세자 내가 울게 되면 넌 나를 어떻게 생각하겠나?

포인즈 아주 왕세자다운 위선자라고 생각하겠지.

해리 왕세자 그게 모든 사람 각각의 생각일 거야, 모든 사람 각각 처럼 생각하는 너는 축복받은 친구고 말이지. 세상 어느 누구 생각이 자네 생각보다 더 잘 민심에 충실하겠나. 모든 사람 각각이 나를 정말 위선자라고 생각하겠지. 너무나 존경스런 당신 생각은 왜 그렇게 생각할까?

포인즈 그야, 당신이 너무 막돼먹었고, 또 아주 찰떡궁합 아닌가 폴스타프와.

해리 왕세자 그리고 자네와.

포인즈 무슨 소리. 나야 평판이 좋지, 바로 내 귀에 들리는걸. 사 람들이 내게 하는 험담이란 게 기껏해야 내가 둘째라서 유산 이 없다는 거, 그리고 내가 주먹깨나 쓴다는 건데, 그 두 가지 는 솔직히 나도 어쩔 수가 없고 말이지.

〔바돌프. 그 뒤를 따라 시동 등장〕

　보소. 바돌프가 이리 오는군.

해리 왕세자 내가 폴스타프에게 딸려 준 시동도 오네. 내게서 가 져갈 때는 기독교도였지, 저 뚱보 악당 놈이 원숭이로 만들지 는 않았군그래.

바돌프 만수무강하십시오, 저하!

해리 왕세자 귀하도, 고결한 우리 바돌프!

포인즈 [바돌프에게] 이봐, 미덕 있는 멍청이, 부끄럼 타는 바보, 그
　　　렇게 새빨개져야겠나? 왜 새빨개진 게야? 아주 여성스런 군
　　　인이 되었구만그래! 2쿼트짜리 맥주병 처녀마개 따서 마시는
　　　게 그리 어려워?

시동 방금 저를 부르시더라구요. 나리. 맥주집 붉은 격자창을 통
　　　해서요. 그랬는데 전 창문하고 이분 얼굴이 전혀 구분이 안
　　　되는 거예요. 마침내 제가 두 눈을 찾아냈지요. 전 이분이 맥
　　　주집 주모 붉은 속치마에 구멍을 내고, 그걸 통해 엿보시나
　　　보다 했구요.

해리 왕세자 [포인즈에게] 과연 저 꼬마 말솜씨가 늘었지?

바돌프 [시동에게] 꺼져라. 이 후레 잡놈 두 발로 선 토깽이 같은
　　　놈, 썩 꺼져!

시동 썩 꺼져, 이 나쁜 알시아의 꿈 같으니, 꺼져라!

해리 왕세자 한 수 가르쳐 주렴, 꼬마야. 무슨 꿈을 말하는 거지,
　　　꼬마?

시동 정말, 나리. 알시아가 트로이 불태울 관솔불 낳는 꿈을 꿨잖
　　　아요. 그러니까 제가 이분을 그녀의 꿈이라고 부른 거구요.

해리 왕세자 [소년에게 돈을 주며] 꿈보다 더 낳은 1크라운짜리 해몽
　　　이로다! 받거라, 꼬마.

포인즈 오 이 아름다운 꽃이 벌레 먹히지 않기를! [시동에게 돈을 주
　　　며] 옜다, 너를 지켜 줄 6펜스 은전이다.

바돌프 이러다간 저놈이 네놈과 함께 교수형 당하기 십상이지,
　　　아니라면 교수대가 부당한 취급을 당한다고 봐야겠고.

해리 왕세자 자네 주인은 어떻게 지내고, 바돌프?

바돌프 잘 지냅니다. 착하신 우리 나리. 저하께서 읍내로 오신다
　　　　는 말을 그가 들었습니다. 여기 나리께 드리라는 편지입니다.
포인즈 예절은 번듯하구나. 네 성마틴 축제용 소돼지 주인님은
　　　　잘 계시고?
바돌프 몸은 건강하죠, 나리.

　　　　해리 왕세자가 편지를 읽는다.

포인즈 저런, 영혼이야말로 의사가 필요한데 말이지. 하지만 그
　　　　말에 그자는 꿈쩍도 안 하지. 비록 병들기는 해도, 영혼이 죽
　　　　지는 않으니까.
해리 왕세자 내가 이 쥐젖 같은 자한테 곁을 허락한 건 맞는데, 애
　　　　견처럼 친하게 굴게 해 주었단 말이지. 그랬더니 이자가 아예
　　　　그 자리를 뭉개고 드는군. 뭐라고 썼나 한번 보게.
포인즈 '존 폴스타프, 기사'라.—그걸 모르는 사람이 어디 있나.
　　　　기회만 있으면 자신을 그렇게 호칭하는데. 심지어 왕 친척 흉
　　　　내도 불사한다구. 왕 친척들은 손가락만 찔려도 그러거든 '내
　　　　가 폐하의 피를 흘리게 했구나.' '어째서 그렇소?' 누가 물어
　　　　요. 무슨 말인지 모르겠다는 투로. 대답은 돈 꾸러 다니는 놈
　　　　모자처럼 재빠르지. '난 폐하의 불쌍한 친척이라오, 선생.'
해리 왕세자 아니, 그들은 우리와 친척 하겠다는 거야. 아니면 유
　　　　럽인 모두의 선조 야벳이라도 끌어대겠다는 거고. 〔편지를 가
　　　　져가며〕 하지만 편지. '존 폴스타프 경, 기사가, 왕의 아들, 자
　　　　기 아버지에게 가장 가까운, 왕세자에게 인사.'
포인즈 이거야 원, 법률 문서가 따로 없군!
해리 왕세자 조용!—'명예로운 로마인을 흉내 내어 간략히 씁니

다.'

포인즈 (편지를 가져가며) 확실히 호흡은 간결해, 숨이 가빠요. (읽
　　　는다) '나 그대에게 안부 전하노라, 나 그대를 기리노라, 그리
　　　고 나 그대를 떠나노라. 포인즈와 너무 친하지 말기를, 그 자
　　　가 그대의 총애를 너무도 악용, 그대가 그의 누이 넬과 결혼
　　　할 참이라고 떠벌이고 다니노니. 시간이 남을 때 회개해 두
　　　라. 그리하여, 안녕.

　　　　당신의 기든 아니든―이 말은, 그대가 그를 어떻게 대접하
　　　느냐에 따라―잭 폴스타프가 나의 친구들과 함께, 존이 나의
　　　형제자매와 함께, 그리고 존 경이 유럽과 함께.'

　　　　나리, 제가 이 편지를 스페인산 셰리주에 적셔 그놈 아가리
　　　에 처넣겠습니다.

해리 왕세자 그러면 그놈더러 제 말을 스무 번 식언하라는 얘기가
　　　되지. 근데 자네는 정말 날 이리 취급하나, 네드? 내가 자네
　　　누이와 결혼해야겠어?

포인즈 하나님 맙소사, 그보다 더한 불행이 또 있을라구요. 하지
　　　만 난 그런 말 한 적 없어요.

해리 왕세자 그래, 이렇게 우리는 시간을 갖고 노는 거지, 그리고
　　　현명한 자들의 영혼이 구름 속에 앉아 우릴 조롱하고 말이지.
　　　(바돌프에게) 자네 주인은 여기 런던에 있는가?

바돌프 네, 나리.

해리 왕세자 그가 저녁 먹는 데가 어딘가? 늙은 수퇘지라 낡은 돼
　　　지 간판 우리에서 먹는가?

바돌프 오래된 곳에서요, 나리, 이스트칩에 있는.

해리 왕세자 누구랑?

시동 홍청망청 에베소인들이지요, 왕자님, 옛 교회의.

해리 왕세자 여자들도 함께?

시동 아무도 없어요, 왕자님, 늙은 미세스 퀴클리하고 미세스 돌
    티어시트 말고는.

해리 왕세자 뭔 이교도 이름이 그래??

시동 예의 바른 신사부인이세요, 나리, 한 분은 제 주인님의 친척
    여자분이고요.

해리 왕세자 아예 빈민가 새끼 안 낳은 암소가 읍내 수소 친척이
    라 그래라. 우리 몰래 년놈들을 염탐해 볼까, 네드, 저녁 식사
    때?

포인즈 전 나리의 그림잡니다, 나리, 나리를 따르지요.

해리 왕세자 이봐, 너, 꼬마, 그리고 바돌프, 네 주인한테 절대 말
    하지 마라 내가 벌써 읍내로 왔다고. 〔돈을 주면서〕 옛다 말 안
    하는 대가다.

바돌프 전 혀가 없는 겁니다, 나리.

시동 그럼 저는, 나리, 혀를 자제하겠습니다.

해리 왕세자 좋은 시간 보내게, 가 봐.

        〔바돌프와 시동 퇴장〕

    이 돌 티어시트라는 여자는 필시 길이 난 창녀렷다.

포인즈 장담컨대, 세인트 앨번즈와 런던 사이 교통 복잡한 길만
    큼이나 닳고 닳았을걸요.

해리 왕세자 어떻게 하면 오늘 밤 폴스타프의 행동거지 진면목을
    볼 수 있을까, 우리는 들키지 않고?

포인즈 가죽 재킷 두 벌과 앞치마 두 장을 두르고, 여인숙 급사처
    럼 그자 식사 시중을 드는 겁니다.

해리 왕세자 신에서 수소로—슬픈 전락이지—주피터는 그랬는데.
왕자에서 도제로—천한 변형이로다—그게 내 경우다 이거지.
왜냐면 무슨 일이든 목적은 어리석음과 짝을 지어야 하는 법
이니. 가세, 네드.

모두 퇴장

2막 3장

와크워스, 노섬벌랜드 성 바깥

노섬벌랜드 백작, 노섬벌랜드 부인 그리고 퍼시 부인 등장

노섬벌랜드 부디, 사랑하는 아내 그리고 마음씨 고운 며늘아가,

평탄한 길을 내 다오 내 험난한 앞날에.

시속의 표정을 얼굴에 쓰고

그들처럼 퍼시 가의 길을 방해해서는 안 되지.

노섬벌랜드 부인 전 체념했어요, 더 이상 말하지 않으렵니다.

당신 뜻대로 하십시오, 당신 생각이 옳겠지요.

노섬벌랜드 아아, 상냥한 내 아내, 내 명예가 걸려 있소.

그리고, 내가 가는 것 말고는, 아무것도 그것을 되찾을 수

없구려.

퍼시 부인 오 하지만, 제발, 이 전쟁에는 나가지 마셔요!

이미, 아버님, 아버님은 깨셨습니다 아버님 약속을

아버님이 지금보다 더 그것을 지켜야 했을 때―

아버님 자신의 퍼시, 내 마음의 소중한 해리가,

숱하게 북쪽으로 시선 던져 보고자 했을 때, 자기 아버지가

병력을 몰고 오는 것을 말이죠, 하지만 그의 바람은 헛되었

어요.

그때 누가 아버님을 집에 계시라고 하던가요?

두 사람의 명예가 사라졌어요. 아버님 명예와 아버님 아들
의 명예.

아버님 명예는, 하늘의 하나님께서 밝혀 주시기를!

그의 명예는, 그에게 달라붙어 있었죠. 하늘의 엷게 파란 창
공 속

태양처럼, 그리고 그의 빛으로

정말 잉글랜드의 모든 기사도 전사들이 진격,

용감히 싸웠구요. 그는 진정 거울이었습니다.

고결한 신분 자제들이 그것을 들여다보며 복장을 갖추는.

다리가 성한 자 모두 그처럼 걸으려 노력했구요,

그리고 말 더듬는 습관은, 그의 태생적인 결함이었으나,

용맹한 자들의 억양이 되었지요.

차분하고 느긋한 말투를 구사하는 이들이

자기 자신들의 멀쩡한 능력을 매도하면서

그이처럼 보이고자 했으니까요. 그리하여 말투에서, 걸음걸
이에서,

식성에서, 취미에서,

군기, 기질에서,

그는 과녁이고, 거울이고, 본보기고 교과서였어요,

다른 사람들을 형성한. 그리고 그를─오 놀라운 그를!

오 사내들의 기적을─그를 아버님은 버리셨어요,

누구에게도 뒤지지 않는 그를, 아버님의 지원을 받지 못한
채

그 무시무시한 전쟁의 신과

불리한 상태로 마주하게끔, 전투에 직면케 했지요

핫스퍼의 이름 소리 말고는 아무것도

방어력이 없던 곳에서, 그렇게 아버님은 그를 버렸습니다.

절대로, 오 절대로 그의 영혼을 학대하지 마세요.

아버님 명예의 기준을 그이보다 다른 사람들에게 더

정확하고 엄격하게 적용하다니오. 내버려 두세요 그들을.

문장원 총재와 대주교 세력은 강합니다.

제 낭군 해리가 그들 병력의 반만 지녔어도

오늘 저는, 핫스퍼의 목에 매달려

몬마우스 할 왕자의 무덤 얘기나 하고 있었겠죠.

노섬벌랜드 하면 안 되는 말을 하는구나,

우리 며느리기, 용기가 내 몸에서 빠져나간다

네가 옛 실수를 새로 한탄하니 말이다.

하지만 난 가서 그곳의 위험과 회동해야 해,

그렇지 않으면 위험이 나를 다른 곳에서 찾아내고

난 더 불리한 상황일 게야.

노섬벌랜드 부인 오 스코틀랜드로 몸을 피하자니까요,

귀족과 무장 평민들이

자기들의 힘을 약간이나마 맛볼 때까지.

퍼시 부인 그들이 우세를 확보하고 왕을 불리하게 만들면,

그때 그들과 합류하세요 강철 갈빗대처럼,

강함을 더 강하게 만드는 거죠. 하지만, 온갖 사랑으로,

우선은 그들이 스스로 하게 둬야 해요. 아버님 아들이 그랬

지요.

그렇게 하게 두었어요. 그래서 제가 과부가 된 거죠,

그리고 결코 남은 생애가 충분치 못할 겁니다.

제 눈물로 기억에 비를 내려서

그것이 싹트고 자라 하늘 높이로

제 고결한 남편한테 바치는 기념비가 되게 하기에는.

노섬벌랜드 자, 자, 나와 함께 들어가자꾸나. 내 마음은

부풀 대로 부풀어 오른 만조와 같아서,

정지했어. 어느 쪽으로도 흐르지 않고.

기꺼이 가서 대주교를 만나고 싶지만,

수천 가지 이유가 나를 만류하는구나.

스코틀랜드로 가겠다. 내 거기 있으련다

시간과 기회가 나의 동반을 갈망할 때까지.

모두 퇴장

2막 4장
여인숙(아마도, 이스트칩의 '수퇘지 머리' 간판집)

> 무대에 탁자와 의자. 여인숙처럼 배치되어 있다. 포도주병을 든
> 급사, 그리고 말린 사과들이 담긴 접시를 든 또 다른 급사 등장

첫 번째 급사 너 도대체 뭘 가져온 거야—말린 사과? 알잖나 존 경
　　이 말린 사과 못 참는다는 거.

두 번째 급사 물론, 알고 있어. 왕세자께서 언젠가 말린 사과 한
　　접시를 그자 앞에 놓았지, 그리고 그에게 말했겠다, 존 경이
　　다섯 개나 더 있네, 그리고, 모자를 벗으시며, 말했어 '난 이
　　제 안녕을 고하오, 이 여섯 개의 말라비틀어지고, 둥글고, 늙
　　고, 시든 기사분들한테.' 그 말이 그를 제대로 화나게 했단 말
　　이지. 하지만 그자는 잊어 먹었다구.

첫 번째 급사 그렇다면 뭐, 천을 펼치고, 그걸 내려놓게, 스니크의
　　악대가 어딨는지 좀 찾아보고. 미세스 티어시트가 음악 좋아
　　할 거야.

> 두 번째 급사 퇴장
> 첫 번째 급사가 탁자를 천으로 덮는다.
> 두 번째 급사 등장

두 번째 급사 이봐, 왕세자와 포인즈 선생께서 곧 이리 오신다네,

우리 재킷을 입고 우리 앞치마를 두르실 거래, 존 경은 그걸 알면 안 되고. 바돌프가 전해 왔어.

첫 번째 급사 맹세코, 여기서 그 옛날의 즐거운 한판이 벌어지겠네! 탁월한 전략이 되겠어.

두 번째 급사 난 스니크를 찾아볼게.

둘 다 퇴장

미세스 퀴클리와 돌 티어시트 등장(취했다)

미세스 퀴클리 정말, 자기, 정말 기분 째지는가 보다. 맥박이 심장 닥치는 대로다. 얼굴빛은, 장담컨대, 장미가 따로 없어, 이럴 수가, 하지만 정말, 자기 오늘 카나리 제도산 너무 많이 마셨다, 달콤하지만 그거 겁나게 독한 술인데, '이게 뭐야?' 하기도 전에 피 속으로 퍼진다구. 괜찮아?

돌 티어시트 나아졌어.—에헴!

미세스 퀴클리 에그, 잘됐네. 좋은 건강은 금값이지.

〔존 폴스타프 경 등장〕

어마, 저기 존 경이 오시네.

폴스타프 〔노래한다〕'아서가 처음 궁정에 자리 잡고'—〔고함친다〕침실용 변기 비워라!—〔노래한다〕'훌륭한 왕 노릇 할 때'—어떠시오, 미세스 돌?

미세스 퀴클리 졸도 직전으로 속이 메스껍지요, 예, 정말로.

폴스타프 여자란 게 다 그래요, 까무라치게 안 해 주면, 속이 메스껍지.

돌 티어시트 이런 매독 걸릴 인사, 철지난 아둔패기 악당 같으니. 그걸 위로의 말이라고 하는 거야?

폴스타프　철지난 아둔패기는 사슴에 쓰는 말인데, 자네는 뚱뚱한 악당을 만드는군, 미세스 돌.

돌 티어시트　내가 만들어? 마구 처먹고 병 걸리니까 그런 거지. 내가 만드는 게 아냐.

폴스타프　음식 만드는 놈이 탐식을 만드는 데 일조한다면, 자네는 병을 만드는 데 일조하는 거야, 돌. 우린 자네한테서 얻거든, 자네한테서 말야. 인정하라구, 우리 헤픈 아줌마, 인정해.

돌 티어시트　왜 아니겠어, 당신이 귀중품을 훔쳐 가니까.

폴스타프　'당신의 매독 부스럼은 브로치 모양이지, 진주 모양이지, 장식 핀 모양이지'―용감히 싸우면 절뚝발이 되는 거잖아. 틈새를 쑤시다 꼬챙이가 용감하게 구부러지는 거고, 용감하게 의사를 찾는 거고. 화약고를 용감히 덮치는 거고 말이지.

미세스 퀴클리　나 정말, 지겨워 죽겠네. 당신 둘은 만나기만 하면 꼭 무슨 실랭이더라. 둘 다, 정말로, 바싹 구운 식빵 두 쪽처럼 까칠하다구, 반드시 상대방 허물을 트집 잡고 말지. 도대체, 대줄 줄 몰라요.―〔돌에게〕 특히 자기는. 자기가 더 약한 그릇 아닌가, 성경 말씀도 모르나, 여자는 더 빈 그릇이나니.

돌 티어시트　텅 빈 그릇으로 거대한 꽉 찬 술통을 버티라구? 그자 안에는 보르도 포도주 상인 화물 전체가 들어 있어요. 짐칸이 그보다 더 꽉 찬 선체는 본 적이 없을걸.―자 자, 내가 당신하구 친구해 줄게, 잭. 전쟁에 나갈 거구. 내가 당신을 다시 보게 될지 어떨지 아무도 관심 없고 말이지.

　　　급사 등장

급사   나리, 피스톨 기수가 아래 와 있습니다. 나리께 드릴 말이
　　　있다는데요.

돌 티어시트   목매달아 죽일 놈, 떠버리 잡놈, 여기 오지 말라 그래
　　　요. 잉글랜드에서 입이 가장 더러운 자니까.

미세스 퀴클리   허풍쟁이면, 이리 못 오게 해. 안 되지, 절대로! 내
　　　이웃이 있는데 허풍쟁이는 안 받겠어. 난 최상의 이웃과 평판
　　　좋고 명예롭게 사는 사람이라구. 문 닫아요, 여긴 허풍쟁이는
　　　못 와. 허풍쟁이 받으려고 내가 이제껏 살아 온 게 아니라구
　　　요. 문 닫아요, 제발.

폴스타프   당신 귀 먹었나, 여주인?

미세스 퀴클리   제발 가만 계세요, 존 경. 여긴 허풍쟁이는 못 옵니
　　　다.

폴스타프   당신 귀 먹었어? 그는 내 기수야.

미세스 퀴클리   헛소리, 존 경, 입 닫아요. 당신의 기수-떠버리는 내
　　　집에 못 들어와. 내 일전에 티시크 대리관한테 불려 간 적이
　　　있는데, 그때 그가 내게 그랬어—저번 주 수요일은 지나서지,
　　　분명—'퀴클리 이웃,' 그가 그러더라구—우리 뎀 목사 선생이
　　　그때 옆에 있었지—'퀴클리 이웃,' 그가 그러는 거야, '예의
　　　바른 사람들만 받으시오, 왜냐면,' 그가 말했어, '당신 평판
　　　이 안 좋아요.' 그가 그렇게 말한 이유는 이거야. '왜냐면,' 그
　　　가 그랬지, '당신은 정직한 여인이니까, 사려 깊고 말이지, 그
　　　러니 손님을 조심해서 받으라구. 받지 말아요.' 그가 이래요,
　　　'떠버리 패거리들은.' 여긴 결코 못 오지. 그가 한 말을 들었
　　　으니 운이 좋은 거지. 안 돼, 떠버리는 절대.

폴스타프   그는 떠버리가 아냐, 안주인—사기 미끼지, 사실. 사냥

개 그레이하운드 강아지 쓰다듬듯 부드럽게 쓰다듬어 주면
그만이야. 그자는 창녀한테도 떠벌이는 법이 없어, 푸르르 싫
어하는 내색만 보이면 즉시 몸을 웅크린다구──올라오라 하
게, 급사.

미세스 퀴클리 미끼, 아 국고 환수 담당관요? 내 집에 정직한 사람
은 얼마든지 들이지, 국고 환수 담당관도, 하지만 난 떠버리
는 질색이야, 진짜, '떠버리'란 말 듣기만 해도 아연실색이야.
내 몸에 손 좀 대 봐요, 나리, 내 몸 떨리는 거 좀 봐, 진짜라
니까.

돌 티어시트 정말 그렇네, 안주인.

미세스 퀴클리 그렇지? 그럼, 정말 내가 떨고 있다구, 사시나무 잎
새처럼. 난 떠버리는 못 견디거든.

　　　　　피스톨, 바돌프, 그리고 시동 등장

피스톨 하나님의 가호를, 존 경.

폴스타프 어서 오게, 피스톨 기수. 여기, 피스톨, 자네한테 장전해
주겠네 색 포도주 한 잔을. 자네는 우리 여주인께 쏘라구.

피스톨 그분께 저는 쏘겠습니다, 존 경, 두 방을.

폴스타프 그녀 거기는 방탄이야, 이보게, 자넨 안 될걸.

미세스 퀴클리 자 자, 난 방탄술이건 두방술이건 안 마시겠소. 딱
나 좋을 만큼만 마실 거야, 사내들 기분 좋으라고 마시진 않
아, 나는.

피스톨 그렇다면 당신, 미세스 도로시에게! 내가 당신에게 쏘겠
소.

돌 티어시트 날 쏴? 웃기시네, 이 치사한 종자. 나 원 참, 이런 보

잘것없는, 비열한, 나쁜, 사기꾼, 아마포 속옷도 안 걸친 자가! 꺼져, 이 곰팡내 나는 잡놈, 꺼져! 난 네 상관 상대라구.

피스톨 난 당신을 알아, 미세스 도로시.

돌 티어시트 꺼지라니까, 이 고자 소매치기 놈, 이 더러운 똥구멍 도둑놈! 이 포도주에 맹세코, 내가 네 곰팡내 나는 엉덩이를 칼로 쑤셔 버릴 테다, 계속 시건방진 오징어 먹물 수작을 내게 해댄다면!

〔그녀가 부엌칼을 휘두른다〕

꺼져, 이 병맥주처럼 생긴 놈, 썩은 바구니 자루 칼이나 차고 다니는 사기꾼, 이놈!

〔피스톨이 칼을 뽑는다〕

언제부터 날 알았냐, 말해 보시지? 얼씨구, 어깨에 장식을 두 개나 걸치고! 대단도 하다!

피스톨 내가 죽고 말겠다, 이렇게 당하고도 네년 풀 먹인 칼라를 작살내지 않고는.

미세스 퀴클리 참아요, 착하신 피스톨 대위, 여기선 안 돼요, 상냥하신 대위님.

돌 티어시트 대위? 이런 구역질나는 넌더리나는 사기꾼, 부끄럽지도 않냐 '대위'라 불리는 게? 나와 같은 생각이라면, 대위들이 널 몽둥이로 잡을 것이다. 따지도 않은 대위 계급장을 달고 다니니 말이지. 네가 대위? 이 불한당! 뭘 했다구? 창녀굴에서 불쌍한 창녀 풀 먹인 칼라를 작살낸 공으로? 저자가 대위라고? 저런 목매달아 죽일 놈, 성병 겁나서 곰팡내 나는 가지 죽하고 말린 케이크나 처먹는 놈이. 대위? 얼씨구, 이런 작자들 때문에 '대위'란 말이 역겨워질 거야, 그러니 대위들이 손볼 밖에.

바돌프 제발, 내려가시지요, 착하신 기수님.

폴스타프 자네 나 좀 보세, 미세스 돌.

>   그가 그녀를 옆으로 데려간다.

피스톨 내가 왜 가, 내 정말 자네한테 말하는데, 바돌프 상병, 내
      가 저년을 찢어 버릴 거야! 참으면 안 되지.

시동 제발, 내려가세요.

피스톨 그 전에 내가 요즘 신파극처럼 저년을 처죽여
      플루토의 저주받은 호수로 보내고 말 테다. 이 손으로,
      지옥의 심연으로.
      지하세계, 그리고 지독한 고문 또한 있는.
      '들어라 낚싯바늘과 낚싯줄을!' 내가 말하노니,
      내려가라, 내려가, 개들아. 내려가라, 운명의 여신들아.
      아름다운 그리스 여인 아이렌이 나의 이 칼 아이론 아니냐?

미세스 퀴클리 착하신 거시기 대위님, 조용하세요.
      아주 늦은 시각이에요. 정말. 간청드리니, 화를 가라앉혀요.

피스톨 참으로 훌륭한 농담이로다!
      짐말 따위를
      그리고 속 빈 응석받이 아시아산 말라깽이 종자들을,
      하루에 기껏 30마일밖에 못 가는 그것들을,
      시저와 한니발과
      그리고 트로이 원정의 그리스인들과 비교하자는 거냐?
      아니지, 오히려 그것들을 지옥문 지키는 케르베로스 왕과
      함께 저주해야겠다,

그리고 하늘이 포효케 하리라. 장난감 때문에 이전투구를 벌이자는 거냐?

미세스 퀴클리 참으로, 대위님, 너무 심한 말씀이시네요.

바돌프 가세요. 착하신 기수님, 이러다 싸움 나겠어요.

피스톨 죽어라 사람들아 개처럼! 줘 버려라 금화를 못바늘처럼!

여기 아이렌이 있지 않느냐?

미세스 퀴클리 오 천만의 말씀, 대위님, 그런 사람 여기 없어요. 아니 도대체, 내가 그 여자를 빼돌렸다는 건가요? 제발, 진정하세요.

피스톨 그렇담 이것 먹고 살을 불리시오. 아름다운 나의 캘리폴리스.

자, 색 포도주 한 잔 더.

라틴어로, 운명이 날 괴롭힌단들, 희망이 날 흡족케 하리니.

두려워하겠는가 우리가 함포 일제 사격을? 아냐, 적들이 쏠 테면 쏴 보라지!

색 포도주 한 잔 더. 그리고 연인이여, 그대는 여기 누워 있으라.

〔그가 칼을 내려놓는다〕

이제 만족했는가? 더 해 줘야 하는가?

그가 술을 마신다.

폴스타프 피스톨, 조용하라고 했네.

피스톨 상냥한 기사여, 내가 그대 손에 입 맞추어 주노라. 아니, 우리는 흥청망청 술 마시며 밤을 새웠도다. 큰곰자리 보며.

돌 티어시트 제발, 저자를 아래로 밀어 버려. 지겹다 정말, 저런 허섭스레기는.

피스톨 저자를 아래로 밀어 버려? 우리가 모르겠는가 스코틀랜드 갤러웨이 암말 창녀들을?

폴스타프 그자를 아래로 던져 버리게, 바돌프, 돈치기 은전처럼. 니미럴, 한다는 게 고작 헛소리뿐이니, 짐짝 취급이 고작이 지.

바돌프 〔피스톨에게〕자, 아래층으로 가시죠.

피스톨 〔자신의 칼을 집어 올리며〕뭐라, 칼맛을 보겠다고? 피바다를 만들겠다?

　　그렇담 죽음이여 내 요람을 흔들어 나를 잠들게 하라, 나의 서글픈 나날을 줄여 다오.

　　오라 그렇다면, 비탄에 젖은, 소름끼치는, 입을 벌린 상처들 이

　　풀게 하라 세 자매의 실을. 오라, 운명의 여신 아트로포스, 내가 말하노니!

미세스 퀴클리 정말 큰일 나겠네!

폴스타프 내 쌍날 장검을 다오, 애야.

돌 티어시트 제발, 잭, 제발, 칼을 뽑지 말아요.

폴스타프 〔칼을 뽑으면서 피스톨에게〕아래층으로 내려가지 못할까.

　　폴스타프, 바돌프, 그리고 피스톨이 뒤엉켜 싸운다.

미세스 퀴클리 야단났다. 내가 진작 여인숙 영업을 걷어 치워야 이 공포와 질겁을 면하는 건데!

　　〔폴스타프가 피스톨을 찌른다〕

　　그렇지!

〔피스톨이 폴스타프를 찌른다〕

　사람 죽겠네, 정말! 아아, 아아, 물건을 세워, 물건을 세우라구요!

피스톨 퇴장, 바돌프가 그를 추격한다.

돌 티어시트　제발, 잭, 진정해요, 그놈은 도망쳤어! 아, 당신은 정말 빌어먹을 싸움꾼이야, 당신은!

미세스 퀴클리　〔폴스타프에게〕 사타구니 찔린 거 아니오? 당신 배 밑을 악랄하게 찌른 것 같은데.

바돌프 등장

폴스타프　문밖으로 내쫓았는가?

바돌프　예, 나리. 그자가 취했어요. 나리께서 아작내셨어요, 그자 어깨를.

폴스타프　망할 놈, 나한테 대들다니!

돌 티어시트　아, 정말 귀염둥이 악당이군, 당신! 저런, 안됐어라 덩치가 저리 크니, 땀범벅일세! 이리와, 내가 당신 얼굴 씻어 줄게, 이리 오라니까, 이런, 요 통통한 뺨하고는. 아 악당이야, 정말, 나 당신 사랑해요. 당신은 용감하기 트로이의 헥토르만큼이야, 아가멤논 다섯 명은 문제없고, 전설의 용사 아홉 명보다 열 배나 더 낫지. 아, 이런 망나니 같으니라구!

폴스타프　비겁한 나쁜 놈! 멍석말이를 시켜 버릴라.

돌 티어시트　정말 그래 버려요, 그러고 싶으면. 당신이 그러신다면, 내가 당신을 홑이불 두 장 속에 뉘어 드릴 테니.

시동 음악이 왔습니다, 나리.

폴스타프 풍악을 울리라 해라.―풍악을 울리게들, 이봐!

〔음악이 연주된다〕

내 무릎에 앉거라, 돌. 못된 떠버리 비겁한 놈!

제놈이 수은처럼 재빨리 도망칠 밖에.

돌 티어시트 그러믄요. 당신은 그자를 교회처럼 차분하게 뒤쫓았구요. 당신은 몹쓸 뚱뚱한 바솔로뮤 축일 잔치용 통돼지구이이라니까, 그래 언제 대낮 싸움질과, 야밤 쑤심질을 그만두고, 당신의 늙은 몸을 헝겊 대고 기워 하늘나라 갈 준비를 하실 거유?

해리 왕세자와 포인즈, 급사로 변장한 채 등장

폴스타프 입 다물게, 돌, 해골바가지처럼 떠들지 말고, 내게 내 죽음을 상기할 거야 없잖은가.

돌 티어시트 이보오, 왕세자는 어떤 분이시오?

폴스타프 착하고 얄팍하고 젊은 친구지. 식료품 저장실 일을 시키면 잘했을 거야, 빵은 잘 썰었을 테니.

돌 티어시트 포인즈 머리가 좋다던데.

폴스타프 그자 머리가 좋아? 목매달아 죽일 놈, 좋긴 개코가! 그의 머리 두께는 고작 튜크스버리 시장 겨자 정도라구, 나무망치에 든 지능인들 그보다 더 작을까.

돌 티어시트 왜 왕세자께서 그를 그리 아끼실까, 그렇담?

폴스타프 왜냐면 둘 다 숏다리고, 그가 쇠고리 던지기 게임을 잘

하고, 회향 열매 양념 붕장어 처먹고, 브랜디 위에 뜬 불붙은 양초 토막을 크리스마스 건포도인 양 들이마시는 선술집 게임이나 벌이고, 아새끼들하고 무슨 암말에 올라타듯 등 짚고 넘기 놀이를 해썼고, 조립식 의자 위에서 폴짝폴짝 뛰지를 않나, 똥폼을 잡으며 맹세를 하고, 장화 신은 게 장화가게 간판 모양 미끈하고, 점잖은 얘기를 해도 시비 걸지 않고, 기타 등등 잘 노는 재주가 있는 걸 보면 머리는 비고 몸은 잘 놀린다 할 수 있지. 그런 것 때문에 왕세자가 그를 봐주는 거지. 왕세자 자신이 바로 그런 부류거든—머리카락 한 개만 얹어도 저울이 기울걸.

해리 왕세자 〔포인즈에게 방백〕 이 바퀴통 같은 놈 귀를 잘라 버릴까?

포인즈 저자 창녀 앞에서 두들겨 패 줍시다.

해리 왕세자 저 물 빠진 딱총나무처럼 늙은 것이 앵무새처럼 제 머리를 갈고리발톱에 맡기는 거 보게.

포인즈 욕망이 성능보다 저토록 더 오래 살아남다니 이상하지 않습니까?

폴스타프 내게 입 맞춰 다오. 돌.

그들이 입을 맞춘다.

해리 왕세자 〔포인즈에게 방백〕 늙음의 새턴과 사랑의 비너스가 올해는 동시 발생일세! 달력에는 뭐라 써 있던가?

포인즈 게다가 그의 부하인 불타는 삼궁 바돌프가 껄떡대는 게 제 주인의 필기용 탁자이자, 수표책이자, 비밀 보관인인 퀴클리고요!

폴스타프 〔돌에게〕 참으로 아첨하는 입맞춤이었다.

돌 티어시트 진정, 나는 아주 정숙한 마음으로 입을 맞추는 거예요.

폴스타프 난 늙었지, 늙었다구.

돌 티어시트 난 이 세상 어느 비열한 젊은 애송이보다 당신을 더 사랑해요.

폴스타프 스커트 감은 어떤 걸로 할래? 수요일에 내가 돈을 받게 될 텐데, 내일은 당신 모자를 사 주지.—즐거운 노래!

　　　　　〔음악이 다시 연주된다〕

　　자, 시간이 늦었어, 자야겠네. 자넨 날 잊겠지 내가 가고 나면.

돌 티어시트 참으로 그리 말씀하시면 난 울고 말겠네. 어디 말해봐, 당신 없을 때 내가 몸단장 한 번 하고 있던 적 있는지—좋아, 판단은 마지막에 하는 거니까.

폴스타프 색 포도주 한 잔 더, 프랜시스.

왕세자와 포인즈 〔앞으로 나오며〕 예, 곧 대령하지요, 나리.

폴스타프 하, 왕의 서자일세!—게다가 네놈은 포인즈의 동생 아니냐?

해리 왕세자 이런, 죄 많은 대륙을 한데 뭉친 지구공 같으니, 노는 꼬라지하고는!

폴스타프 자네보다는 낫지. 난 신사고, 자넨 급사 아닌가.

해리 왕세자 바로 그겁니다. 나리. 난 당신 귀를 잡아당기는 급사올시다.

미세스 퀴클리 오, 하나님 보우하소서 전하! 참으로, 잘 오셨습니다 런던에! 주님이 전하의 상냥하신 용안에 축복 내리시기를! 오 이럴 수가, 웨일즈에서 오셨습니까?

폴스타프 〔해리 왕세자에게〕 이런 못된 미친 전하 말라깽이를 보았나! 정말―썩어 문드러질, 잘 왔네.

돌 티어시트 뭐라고, 이런 뚱뚱보 바보가? 내 널 경멸할 테다.

포인즈 〔해리 왕세자에게〕 왕세자님, 저자가 왕자님의 앙갚음을 어영부영 넘기고 모든 걸 장난으로 돌릴 겁니다. 단김에 쇠뿔을 빼셔야죠.

해리 왕세자 〔폴스타프에게〕 너, 이 망할 짐승기름 창고 같은 놈, 방금 나에 대해 엄청 악담을 퍼부었잖아, 이 정숙하고, 고결하고, 예의 바른 숙녀들 앞에서!

미세스 퀴클리 착하신 마음 고맙기도 하셔라, 바로 그렇답니다. 참으로!

폴스타프 〔해리 왕세자에게〕 네가 들은 거야?

해리 왕세자 듣다마다. 넌 개즈힐에서 도망칠 때 알았던 것처럼 나를 알았고, 내가 네 뒤에 있다는 걸 넌 알았어, 일부러 씨부려대며 내 인내심을 시험했단 말이지.

폴스타프 아니, 아냐, 아냐, 그게 아냐. 난 네가 들을 거라고 생각 안 했다구.

해리 왕세자 맛을 좀 보여 줘야겠구나, 그렇다면, 그래야 네놈이 그 고의적인 욕설을 자백하지, 그러고 나서 내가 널 어찌 다룰지 보자구나.

폴스타프 욕 안 했어, 할, 내 명예를 걸고, 욕 안 했다구.

해리 왕세자 안 했다? 날 헐뜯고, '식료품 저장소 일꾼'이니 '빵 써는 놈'이니 또 뭐라 했을지 모르는데 안 했다?

폴스타프 욕 아니야, 할.

포인즈 욕이 아니다?

폴스타프 아니지, 네드, 절대로, 정직한 네드, 아니야. 난 그를 사악한 것들 앞에서 헐뜯은 거야, 사악한 것들이 그와 사랑에 빠지면 안 되니까. 〔해리 왕세자에게〕 그렇게 함으로써 난 보살펴 주는 친구와 진정한 신하 역할을 한 거지. 자네 아버님은 내게 고마워해야 하고. 욕이 아니야, 할. 아냐. 네드, 아니라구. 아냐, 정말, 얘들아, 아니라구.

해리 왕세자 완전 겁먹고 태생이 비겁한 이자가 우릴 달래 보려고 이 고결한 숙녀분을 중상모략 하는 꼬라지라니. 그녀가 사악한 종잔가? 여기 계신 자네 여주인이 사악한 부류라고? 아니면 네 시동이 사악한 종자야? 아니면 충직한 바돌프, 열정이 코에서 붉게 타는 그가, 사악한 부류냐?

포인즈 〔폴스타프에게〕 대답하라구, 죽은 느릅나무 같은 놈.

폴스타프 바돌프는 적들이 구제 불능 표시를 해 놓지 않았나, 그 자 얼굴은 루시퍼의 개인용 부엌이고, 루시퍼가 거기서 하는 일이란 바구미 굽는 게 다고 말이지. 꼬마로 말하자면, 착한 천사가 그 주위에 있으나, 악마가 부르는 값이 또한 천사가 부르는 것보다 더 비싸니까.

해리 왕세자 여인들은?

폴스타프 그중 하나는, 이미 지옥에 있어, 불쌍한 영혼들을 매독으로 태우고 있다구. 다른 하나는, 내게 돈을 꿔 줬는데, 그것 때문에 지옥에 가게 될지 난 모르겠고.

미세스 퀴클리 안 가지, 절대.

폴스타프 그렇겠지, 내 생각도 그래. 그것 때문에 면제받았다고 봐야겠지. 아니다, 당신 죄받을 일이 또 하나 있네, 자네 집에

서 육식을 허용했잖나. 법을 어기고, 그것 때문에 자네가 울
부짖게 될 것 같군.

미세스 퀴클리 여관 주인이 다 고기 장사지 뭘. 사순절 내내 양고
기 한두 점 내놨다고 대수던가?

해리 왕세자 이보시오, 숙녀분들—

돌 티어시트 무슨 말씀 하시려고요 전하?

폴스타프 전하 말씀은 말씀에도 불구하고 아랫도리가 말을 듣지
않는다는 말씀이시다.

　　　피토가 안에서 문을 두드린다.

미세스 퀴클리 누가 저리 세게 문을 두드리지? [부른다] 누가 왔나
가 봐라, 프랜시스.

　　　피토 등장

해리 왕세자 피토, 어쩐 일인가, 무슨 소식이야?

피토 왕자님 부왕께서 웨스트민스터에 와 계십니다.
　　약하고 지친 전령들이 스무 명이나
　　북쪽에서 왔구요, 그리고 제가 이리 오면서
　　만나고 따라잡은 지휘관 열두 명쯤이,
　　전투모도 안 쓰고, 땀에 절은 채, 선술집을 두들기며
　　아무한테나 묻고 있었습니다, 존 폴스타프 경 행방을.

해리 왕세자 아뿔싸, 포인즈, 내가 큰 잘못을 저질렀구나,
　　귀중한 시간을 이토록 빈둥거리며 모독하다니,
　　소요의 폭풍우가, 남풍,
　　먹구름 실은 그것처럼 녹아 내려

무장 안 한 우리 맨 머리 위로 퍼붓기 시작하는데─
내 칼과 망토를 다오─폴스타프, 안녕.

　　　해리 왕세자와 포인즈 퇴장

폴스타프　이제부터가 밤의 가장 달콤한 조각인데,
　　　우리는 떠나야 하니 주워 먹지를 못하겠구나.

〔안에서 문 두들기는 소리. 바돌프 퇴장〕

　　　문을 또 두드리네!

〔바돌프 등장〕

　　　뭐야, 무슨 일인가?

바돌프　궁으로 가셔야겠습니다, 나리, 즉시.
　　　지휘관 열두 명이 문에서 나리를 기다리고 있어요.

폴스타프　〔시동에게〕악사들에게 돈을 주거라, 애야. 안녕, 여주인,
　　　안녕, 돌. 이제 알겠지, 나의 착한 색시들, 훌륭한 사람은 바
　　　쁜 법. 별 볼일 없는 관리들은 잠을 자도 되지만, 용감한 이들
　　　은 부름을 받지. 안녕, 착한 색시들. 급히 파견되지 않으면,
　　　떠나기 전에 다시 한 번 찾으마.

　　　악사들 퇴장

돌 티어시트　〔울면서〕무슨 말을 못하겠네. 정말 가슴이 터질 것 같
　　　아─그래요, 상냥한 잭, 몸조심해요.
폴스타프　안녕, 안녕!

　　　바돌프, 피토, 그리고 시동과 함께 폴스타프 퇴장

미세스 퀴클리　그래요, 잘 지내슈. 내가 당신을 알고 지낸 것이 올

봄 꼬투리 속에 콩 생기면 스물아홉 해지만, 더 정직하고 더 가슴이 진실한 사내로 알았지―어쨌든, 잘 지내요.

　　　바돌프 등장

바돌프　미세스 티어시트!
미세스 퀴클리　무슨 일이오?
바돌프　미세스 티어시트를 우리 주인이 오라시오. 〔퇴장〕
미세스 퀴클리　오 어서, 돌, 뛰어, 뛰라구, 착한 돌!

　　　돌이 한쪽 문으로, 미세스 퀴클리가 다른 쪽 문으로 퇴장

제3막

우리가 운명의 책을 읽을 수 있다면,
그리하여 볼 수 있다면, 시간의 변화가
산맥을 평지로 만들고, 마른 땅이,
고체의 단단함이 지겨워, 스스로
바닷속으로 녹아드는 것을.

3막 1장

웨스트민스터 궁

잠옷 위에 입는 화장복 차림으로 헨리 왕, 시동 한 명과 함께 등장

헨리 왕 〔편지를 주며〕 가서 서리 백작과 워릭 백작을 모셔 오너라.
　　단 오기 전에, 그분들한테 일러 이 편지를 살펴 읽고
　　잘 생각해 보라 하거라. 서두르라.
　　　　〔시동 퇴장〕
　　가장 불쌍한 내 부하 수천 명은
　　이 시각에 잠들어 있을 것 아닌가? 오 잠이여, 친절한 잠,
　　자연의 부드러운 간호사여, 내가 얼마나 그대를 놀래켰기에,
　　그대는 더 이상 내 눈꺼풀을 내리누르지 않고
　　내 감각을 망각 속에 담그지 않는가?
　　왜 차라리, 잠이여, 그대는 연기 그을린 헛간에 놓여,
　　불편하고 딱딱한 짚 잠자리 위에다 몸을 펼칠망정,
　　그리고 윙윙대는 밤벌레 소리에 소리 죽여 잠이 들망정,
　　마다하는가 위대한 자들의 향수 뿌린 침실,
　　값비싼 광휘의 천개 아래 그것에서
　　가장 달콤한 선율 음의 자장가로 잠들기를?
　　오 그대 졸리는 신이여, 왜 몸을 누이는가 그대 비천한 자들

과 함께

　메스꺼운 잠자리에, 그리고 방치하는가 왕의 침상을

　위병 초소, 혹은 자명종 상태로?

　그대 드높고 아찔한 돛대 위에서

　소년 선원의 두 눈을 감겨 주고, 그의 두뇌를 흔들어 재울

것이냐

　거칠고 오만한 파도의 요람 속에서,

　그리고 바람의 방문 속에서,

　바람은 못된 파도의 끄트머리를 쥐어 잡고

　괴물 같은 머리들을 물결치게 하고, 불안정한 구름에

　매달아 버리는, 귀멀게 하는 굉음은,

　그 요란굉장이, 죽음 자체를 깨울 정도인데도?

　그럴 수 있는가, 오 편파적인 잠이여, 그대의 휴식을

　그토록 사나운 시간 젖은 소년 선원에게 주고는,

　가장 고요하고 가장 조용한 밤에

　온갖 설비에 수단까지 갖춘

　왕한테 그것을 거부할 수 있는가? 그렇다면 행복한 천민들

이여, 눕거라.

　불편하게 놓여 있는 것 왕관을 쓴 머리로다.

　　　　워릭 백작과 서리 백작 등장

워릭　앞으로도 내내 좋은 아침 맞으소서 폐하!

헨리 왕　지금이 좋은 아침이오, 경들?

워릭　한 시, 조금 지났습니다.

헨리 왕　그렇다면야, 모두 좋은 아침이오, 경들.

내가 보낸 편지를 살펴들 보시었소?

워릭 보았습니다, 국왕 폐하.

헨리 왕 그렇다면 짐의 왕국 몸 상태를 아시겠구려,
　　　　얼마나 썩었는지, 어떤 역겨운 질병이 자라는지,
　　　　그리고 그 심장 가까이 어떤 위험이 닥쳐와 있는지.

워릭 아직은 몸만 병든 것이니까요,
　　　몸이라면 예전의 기력을 회복할 수 있겠지요
　　　훌륭한 처방과 약간의 치료약으로.
　　　우리 노섬벌랜드 경께서 곧 화를 삭이실 겁니다.

헨리 왕 오 하나님, 우리가 운명의 책을 읽을 수 있다면,
　　　　그리하여 볼 수 있다면, 시간의 변화가
　　　　산맥을 평지로 만들고, 마른 땅이,
　　　　고체의 단단함이 지겨워, 스스로
　　　　바닷속으로 녹아드는 것을, 또 어떤 때 볼 수 있다면
　　　　대양을 둘러싼 해변 허리띠가
　　　　넵튠의 엉덩이에 너무 큰 것을, 우연의 조롱과
　　　　변덕이 개조의 잔을 각종
　　　　술로 채우는 광경을!
　　　　오, 이런 것들이 보인다면,
　　　　가장 행복한 청년도, 그의 생애를 조망하며,
　　　　지나간 위태로움을, 닥쳐올 고통을 조망하면서,
　　　　책을 덮고 스스로 앉아서 죽기를 원할 것이다.
　　　　10년이 채 지나지 않았다
　　　　리처드와 노섬벌랜드가, 위대한 친구로,
　　　　함께 축제를 벌인 지, 그리고 그 후 2년도 안 되어

둘은 전쟁을 벌였지. 겨우 8년 전이야

이 퍼시, 노섬벌랜드, 내 영혼에 가장 가까웠던 사내,

내 일에 형제처럼 애썼던,

그리고 자신의 사랑과 목숨을 내게 맡겼던 그가,

그래, 나를 위하여, 리처드의 면전에서조차

그에 맞섰던 것이. 하지만 경들 중 누가 곁에 있었던가―

〔워릭에게〕 자네는 있었지, 내 기억으로는―

리처드가, 눈에 눈물을 넘치도록 머금고,

그러다가 노섬벌랜드의 제지와 질책을 받고,

이렇게, 이제 보니 적중한 예언을 말했을 때 누가?―

'노섬벌랜드, 네놈은 사다리야,

내 사촌 볼링브루크가 내 왕좌로 올라가는'―

설령 그 당시에는, 하나님께 맹세코, 난 그런 의도가 전혀 없었고

다만 사태가 불가피하게 돌아가서

나와 위대함이 어쩔 수 없이 입을 맞춘 것이라 하더라도―

'때가 오리라'―이렇게 그는 덧붙였다―

'때가 올 것이다, 더러운 죄가, 곪아 터지며,

썩어 문드러지고야 말 때가'. 그의 말은 계속 이어져

예언했다 바로 지금의 상태와,

우리들 우호의 분열을.

워릭 누구나 생애 속에는 역사가 있습니다,

지나간 시절의 성격을 보여 주는,

그것을 잘 살피면, 우리는 미리 알 수 있지요,

꽤 정확하게, 사태의 일반적인 개연성,

아직 오지 않은 삶의 그것을, 그것은 씨앗으로
또 미약한 시작으로 담겨 있기 마련이거든요.
이런 것들이 시간의 후계이자 자손들로 되죠,
그리고 이 필수적인 인과 패턴에 의거
리처드 왕은 만들어 낼 수 있었던 겁니다. 완벽한 추측,
그 위대한 노섬벌랜드가. 당시는 그를 배반했지만,
그 씨앗에서 더 엄청난 배반이 자라날 것인데
그것이 뿌리를 내릴 땅이
폐하 말고는 없다는 추측을 말이죠.

헨리 왕 이런 사태가 그렇다면 필연이라는 거요?
그렇다면 맞읍시다 이 사태를 필연으로,
그리고 바로 그 말이 지금도 우리를 탄핵하고 있소.
들리는 소리로는 대주교와 노섬벌랜드가
5만 병력이라 하오.

워릭 그럴 리 없습니다, 폐하.
소문이란 불키기 마련이지요, 목소리와 메아리처럼,
두려워하는 대상의 숫자를. 그만 폐하께서는
주무셔야 하지 않겠습니까? 제 영혼을 걸고, 폐하,
폐하께서 이미 파견하신 병력이
분명 이 전리품을 매우 손쉽게 가져올 것입니다.
폐하를 더 안심시켜 드리자면, 제가 입수했어요
글렌다워가 죽었다는 확실한 증거를.
폐하께서는 요 2주 동안 편찮으셨잖니까,
그리고 이렇게 불규칙한 생활은
병을 더 위중케 할 것이 분명하고요.

헨리 왕 내 경의 말을 따르겠소.

　　　그리고 이 내전이 수습되자마자,

　　　짐은, 친애하는 경들, 성지 순례를 할까 하오.

　　　　모두 퇴장

3막 2장

글로스터셔, 재판관 샐로우의 집 바깥

재판관 샐로우와 재판관 사일런스 등장

샐로우 이런, 이런, 이런! 손이나 잡아 봅시다. 귀하, 손 한번 잡아 보자구요, 귀하. 일찍도 일어나셨네, 정말! 그리고 별일 없으신가 내 착한 친척 사일런스?

사일런스 좋은 아침, 착한 친척 샐로우.

샐로우 그리고 잘 지내시는가 내 친척 귀하 잠자리 친구는? 그리고 귀하의 아름답기 짝이 없는 따님이자 내 딸, 나의 대녀 엘렌은?

사일런스 저런, 까만 새 추켜세우지 말게, 샐로우 친척.

샐로우 그러거나 말거나, 귀하, 내 감히 말하지만 내 친척 윌리엄은 훌륭한 학자가 되었더라. 아직 옥스퍼드 다니지, 아닌가?

사일런스 왜 아냐, 친척, 내 돈으로 다니지.

샐로우 개는 그렇담 곧 대법관청 법학생 기숙사로 가겠군. 난 2류 클레멘트 법학원 출신인데, 아직도 거기서 미친 샐로우 애길 할 거야.

사일런스 그때 자네 별명은 호색한 샐로우였지, 친척.

샐로우 맹세코, 아무 걸로나 불렸어, 그리고 난 무엇이든 해냈을 거야 정말, 또한, 그리고 철저하게, 또한. '내'가 있었고, 스태포드셔의 꼬마 존 '해라', 그리고 검은 조지 반즈, 그리고 프랜시스 '뼈줍다', 그리고 윌 '깩깩', '잉글랜드 양 인간', 법학생 기숙사를 통틀어 이런 깡패 넷은 다시없지. 그리고 거짓말 안 보태고, 우리는 알았어 잘 차려입은 창녀들이 있는 데를, 그리고 그중 최고들을 좌지우지했다구. 그때 잭 폴스타프가 있었지, 지금은 존 경이지만, 토머스 모브레이, 노포크 공작의 소년, 그리고 시동으로.

사일런스 그 존 경이라는 게, 병사 문제로 곧 이리 온다는 그 사람인가?

샐로우 바로 그 존 경, 동일 인물이지. 내가 보았다구 그가 젊었을 적 법원 대문에서 광대 스카긴의 대갈통을 부수는 걸, 그땐 키가 이리 크지 않았지. 그리고 바로 그날 내가 샘슨 '말린 생선', 과일 파는 놈하고 붙은 거야, 그레이 법학원 뒤에서. 징하다, 징해, 내가 허비한 그 미친 날들이라니! 그리고 내 오랜 지기들이 하고많게 죽은 것을 보다니 말이지.

사일런스 우리도 모두 그렇게 될 거요, 친척.

샐로우 분명, 그건 분명하지, 아주 확실해, 아주 확실하다구. 죽음은, 성경 시편에 나와 있듯, 모두에게 분명하지. 누구나 죽는 거야. 얼마나 하던가 괜찮은 불깐 소 한 쌍이 스탬포드 시장에서?

사일런스 맹세코, 난 거기 가 본 적 없어.

샐로우 죽음은 분명해. 자네 읍의 더블 영감은 아직 살아 있나?

사일런스 죽었지, 친척.

샐로우 저런, 저런, 죽다니! 활솜씨가 좋았지, 그런데 죽다니! 활하나는 근사하게 쏘았는데. 지금 왕의 아버지 고온트의 존이 그를 참 아꼈지, 그의 머리에 내기 돈도 많이 걸었고. 죽다니!
240야드 거리에서 과녁을 명중시켰지, 직선 사거리는 280에
서 290야드나 되고, 그걸 보면 속이 시원했을 텐데 말이지.
요즘 암컷 양 스무 마리에 얼마나 하나?

사일런스 질에 따라 다르지. 쓸 만한 놈 스무 마리면 10파운드 정
도.

샐로우 근데 더블 영감이 죽었어?

　　　　　바돌프와 시동 등장

사일런스 저기 오는 두 사람이 존 폴스타프 경 부하 아닐까싶군.

샐로우 안녕하시오, 정직한 신사분.

바돌프 말씀 좀 여쭙시다, 누가 샐로우 재판관이시죠?

샐로우 내가 로버트 샐로우요, 귀하, 이 주의 보잘것없는 향사, 그
리고 국왕 폐하의 치안판사 중 한 명이죠. 귀하께서는 무슨
일로 그러십니까?

바돌프 제 대장님이, 나리, 나리께 안부 인사 전하시랍니다―제
대장 존 폴스타프 경, 용감한 신사시죠, 맹세코, 아주 멋쟁이
지휘관이시고요.

샐로우 인사 고맙다고 전해 주시오, 귀하. 그분 펜싱 솜씨가 훌륭
하다 들었소. 어떠시오 그 훌륭한 기사분은? 그의 숙녀 아내
분 안부를 여쭤 봐도 될까요?

바돌프 나리, 죄송합니다, 군인은 아내 없는 게 숙박에 더 편하죠.

샐로우 거 말씀 한번 그럴듯하오, 정말, 귀하, 정말 잘한 말씀이시
고, 또한, '숙박에 더 편하다'―좋군, 그래요, 정말 그래. 좋은
구절은 확실히, 늘 그렇지만, 아주 권할 만하지요. '숙박에'

라─라틴어 '아콤모도'에서 온 말인데. 아주 좋아, 훌륭한 구
절이오.

바돌프 죄송합니다만, 나리, 제가 줏어들은 말─'구절'이라 하셨
습니까 그걸?─이날까지, 난 몰랐어요 그 구절을, 하지만 계
속 그 말을 칼과 함께 지녀 계속 군인다운 말로, 그리고 용도
가 아주 다양한 말로 쓰겠습니다. 하늘에 맹세코. '숙박에',
말하자면, 누가, 사람들 하는 말로, 숙박된 상태, 아니면 사람
이 있음, 그럼으로써 숙박되었다고 여겨지는, 그거 썩 훌륭하
구만.

　　　　존 폴스타프 경 등장

샐로우 아주 제대롭니다. 보세요, 훌륭하신 존 경이 이리 오고 계
십니다. 〔폴스타프에게〕 손을 제게 주시죠, 제게 주세요 기사님
의 훌륭하신 손을. 정말, 튼튼해지셨네요, 나이티가 전혀 안
나시고요. 잘 오셨습니다. 착하신 존 경.

폴스타프 뵙게 되어 꽤나 기쁘오, 훌륭한 로버트 샐로우 선생. 〔사
일런스에게〕'확실카드' 선생, 내 생각에는.

샐로우 아닙니다, 존 경, 그 사람은 제 친척 사일런스입니다, 저와
같은 직책의.

폴스타프 착하신 사일런스 선생, 이름이 치안에 썩 잘 어울립니
다.

사일런스 훌륭하신 기사님 잘 오셨습니다.

폴스타프 젠장, 엄청 찌는 날씨네요, 신사분들. 이리로 쓸 만한 장
정 6명을 모아 주셨는지요?

샐로우 그러문요, 우리가 모아 놨습니다, 기사님. 앉으실까요?

폴스타프 그들을 보여 주시오, 부디.

> 그가 앉는다.

섈로우 명단이 어디 갔지, 명단이 어디 갔지, 명단이 어디 갔지?
보자, 보자, 보자. 그래, 그래, 그래, 그래, 그래. 그렇지, 아무
렴, 기사님. '랠프 모울디'. 〔사일런스에게〕내가 부르는 대로 대
령 시키시게, 그렇게 시켜, 그렇게 시켜. 보자. 〔부른다〕모울
디 어딨나?

> 모울디 등장

모울디 여기 있소, 괜찮으시다면.
섈로우 어떻습니까, 존 경? 팔다리 튼튼한 놈이죠. 젊고, 힘세고,
마당발이고요.
폴스타프 자네 이름이 모울디인가?
모울디 예, 괜찮으시다면.
폴스타프 한물갔는데.
섈로우 하, 하, 하. 아주 좋아요, 정말! 모울디는 곰팡내란 뜻이니
한물간 거 맞지요. 아주 독특하게 좋았어요. 정말, 말씀 잘하
셔, 존 경, 아주 잘하십니다.
폴스타프 집어넣어.
모울디 난 전에도 집어넣는 꼴 충분히 당해 봤소. 이번엔 좀 혼자
있게 해 주시오. 내 늙은 마누라는 끝장이요. 그녀 남편 구실
해 줄 놈 없고 그녀 농사일 해 줄 놈 없으면. 당신이 날 집어
넣을 필요는 없잖소, 나보다 더 잘나가는 싱싱한 사내들이 있
는데.

폴스타프 지랄, 입 다물게, 모울디. 너 나가야 해, 모울디. 넌 소모
　　품이다.
모울디 소모요?
샐로우 조용, 이놈, 조용. 옆으로 비켜서, 어딘 줄 알고 감히?

　　　　〔모울디가 옆으로 비켜선다〕

　　다음 보시죠, 존 경, 보자. '사이먼 섀도우'—
폴스타프 그림자라, 정말, 그냥 찌그러져 있으라 그러슈. 겁쟁이
　　병사는 좀 그렇지.
샐로우 〔부른다〕 섀도우 어딨나?

　　　　　섀도우 등장

섀도우 여기 있소, 재판관.
폴스타프 섀도우, 넌 누구 자식이냐.
섀도우 우리 엄마 자식이오, 나리.
폴스타프 네 엄마의 자식이라! 정말 닮았구나, 그리고 네 아버지
　　와도 닮았어. 하여 암컷의 아들은 수컷의 그림자지만—정말
　　자주 그래—아버지의 본질은 아니지.
샐로우 맘에 드십니까, 존 경?
폴스타프 섀도우는 여름용으로 하지. 그를 집어넣어, 소집 명부
　　채울 섀도우 명단 몇 개 있어야 하기도 하고.

　　　　섀도우가 옆으로 비켜선다.

샐로우 〔부른다〕 '토머스 워트.'
폴스타프 어디 있나?

워트 여기요, 나리.

폴스타프 네 이름이 사마귀냐?

워트 그렇소, 나리.

폴스타프 아주 누덕누덕한 사마귀로다.

샐로우 꼽아 넣을까요, 존 경?

폴스타프 굳이 그럴 거 없겠는데, 입성이라고는 등짝에 헝겊 조각 기운 게 다고, 전체 구조가 못핀 두 개 위에 서 있는걸. 더 꼽을 게 뭐 있나.

샐로우 하, 하, 하, 대단하십니다, 기사님, 정말 대단한 말재주세요! 제가 아주 감탄했습니다.

〔워트가 옆으로 비켜선다〕
〔부른다〕 '프랜시스 휘블.'

휘블 등장

휘블 예, 재판관.

샐로우 직업이 뭔가, 휘블?

휘블 여성복 재단삽니다, 나리.

샐로우 꼽을까요, 기사님?

폴스타프 좋을 대로, 하지만 그가 남성복 재단사였다면, 당신을 꼽고 싶었겠네. 〔휘블에게〕 네놈은 여자 속치마에 낸 만큼 많은 구멍을 적군에게 낼 참이렸지?

휘블 최선을 다하겠습니다, 나리, 그 이상은.

폴스타프 말 잘했다, 훌륭한 여성복 재단사로다, 말 잘했어, 용감

한 휘블이라! 자넨 용맹스럽기가 화난 비둘기 혹은 아주 겁
없는 쥐새끼 같을 게야. 꼼게나 여성복 재단사를. 자, 샐로우
선생, 더 밑으로, 얕은 선생.

휘블 워트가 갔으면 좋겠는데요, 나리.

폴스타프 난 네놈이 남성복 재단사면 좋겠다. 그럼 네놈이 그자
옷을 수선하고 나갈 만한 꼴을 갖추어 줄 테니. 이를 수천 마
리나 거느린 자를 어찌 사병으로 써먹겠나. 그쯤 하거라, 아
주 강력한 휘블.

휘블 그쯤 됐습니다, 나리.

폴스타프 거참 고맙소, 휘블 님.

〔휘블이 옆으로 비켜선다〕

　다음은?

샐로우 〔부른다〕 '초록의 피터 불카프.'

폴스타프 그래, 좋지, 수송아지를 보세.

　　　　불카프 등장

불카프 접니다, 나리.

폴스타프 야 이거 정말, 기대되는 놈이로다! 어서, 불카프를 꼼게,
다시 울부짖나 보자구.

불카프 오 하나님 맙소사, 착하신 지휘관 나리!

폴스타프 뭐냐, 꼼히기도 전에 비명 소리냐?

불카프 오 하나님 맙소사, 나리, 저는 병든 몸입니다.

폴스타프 무슨 병인데?

불카프 썩을 놈의 감기예요, 나리. 기침 감기죠, 나리, 국왕 폐하
대관식 날 경축의 교회 종을 치다가 걸렸지요, 나리.

폴스타프 괜찮아, 잠옷 위에 화장복 입고 전쟁에 나갈 테니까. 자
　　　네 감기는 우리가 고쳐 줌세. 내가 조치를 내려 자네 친구더
　　　러 자네 교회 종 치게 할 테고.

　　　　　　〔불카프가 옆으로 비켜선다〕

　　　이게 단가?

샐로우 원하신 수보다 두 명이 더 많은데요. 네 명이 필요하다고
　　　하셨잖아요, 기사님. 그러니 저와 함께 가서 저녁이나 하시
　　　죠.

폴스타프 이봐요, 술이라면 같이 가겠으나, 저녁 먹자고 기다릴
　　　순 없지. 만나서 반가웠소, 샐로우 선생.

샐로우 오, 존 경, 우리가 성 조지 필드의 그 풍차에서 밤새 뒹굴
　　　던 거 기억하십니까?

폴스타프 그 얘기는 그만, 착한 샐로우 선생, 그 얘기는 그만.

샐로우 하, 즐거운 밤이었죠! 밤일 제인은 살아 있구요?

폴스타프 살아 있소, 샐로우 선생.

샐로우 날 결코 두고 보지 못했지요.

폴스타프 결코, 결코. 그녀가 종종 하는 말이 샐로우 선생 못 봐주
　　　겠다였소.

샐로우 맹세코, 전 그녀를 진짜로 화나게 할 수 있었어요. 당시 옷
　　　깨나 입는 창녀였는데. 여전한가요?

폴스타프 늙었지, 늙었소, 샐로우 선생.

샐로우 그렇군요, 늙었겠지요, 어쩔 도리가 없이 늙는 거죠, 분명
　　　늙었어, 늙은 밤일한테서 로빈 밤일을 얻은 것이 내가 클레멘
　　　트 가기 전이니.

폴스타프 그게 55년 전이오.

샐로우 하, 친척 사일런스, 그때 이 기사분과 내가 본 걸 당신도
　　그때 보았어야 하는 건데! 하, 존 경, 그렇지 않습니까?
폴스타프 우리가 들은 건 한밤중 교회 종소리요, 샐로우 선생.
샐로우 그랬죠, 그랬어요. 참으로, 존 경, 우리가 들었어요. 우리
　　의 슬로건은 '마시자 애들아!'. 자 자, 저녁 드시러 갑시다, 자
　　자, 저녁 드시자니까요. 와우, 그 시절을 우리가 보았어! 가시
　　죠, 어서.

　　　　샐로우, 사일런스, 그리고 폴스타프 퇴장

불카프 〔앞으로 나오며〕착하신 바돌프 상병 선생, 저 좀 봐주소. 여
　　기 헨리 왕 금화 10실링 나가는 프랑스 금화들도 상병님께
　　드리리다. 정말 참으로, 상병님, 전 그게 그겁니다. 교수형이
　　나, 상병님, 나가는 거나. 그렇지만 제 자신으로 말하자면, 상
　　병님, 전 개의치 않아요. 다만 뭐랄까 좀 꺼려진달까, 그리고,
　　내 자신으로 말하자면, 제 친구들과 함께 있고 싶은 바람이
　　있달까. 그게 아니면, 상병님, 전 상관없어요, 제 자신으로 말
　　하자면, 크게는.
바돌프 〔돈을 받으며〕지랄, 옆으로 서.

　　　　불카프가 옆으로 선다.

모울디 〔앞으로 나오며〕저도, 착하신 상병 대장 선생, 내 늙은 마누
　　라를 위해 좀 봐주소. 내가 나가면 그녀는 뭘 해 줄 사람이 주
　　변에 아무도 없어요, 늙어서 혼자서는 먹지도 못하고요. 40실
　　링 드리겠습니다, 대장님.
바돌프 지랄, 옆으로 서.

모울디가 옆으로 선다.

휘블 참으로, 난 아무래도 좋소. 사람이 한 번 죽지 두 번 죽나.
　　우린 하나님한테 죽음을 빚졌지. 나는 결코 비열한 마음 품지
　　않을 거야. 그게 내 운명이라면, 할 수 없고. 그게 아니라면,
　　그것도 할 수 없고. 너무 훌륭해서 군주 섬기기 아깝다는 소
　　린 내 못 들어 봤소. 갈 데까지 가 보라지, 올해 죽는 사람은
　　내년 죽을 거 면하는 셈이니까.

바돌프 맘에 든다. 자넨 훌륭한 친구야.

휘블 정말, 난 비열한 마음 품지 않겠소.

존 폴스타프 경, 샐로우, 그리고 사일런스 등장

폴스타프 자, 재판관. 누굴 데려갈까요?

샐로우 맘에 드는 사람 넷 데려가시면 되죠.

바돌프 〔폴스타프에게〕 나리, 저 잠깐 뵙지요. 〔그에게 방백〕 3파운드
　　받으려면 모울디와 불카프는 놓아주어야 합니다.

폴스타프 지랄, 그러지.

샐로우 자, 존 경, 네 사람 누구를?

폴스타프 당신이 나 대신 골라 주시오.

샐로우 좋죠, 그렇다면. 모울디, 불카프, 휘블, 그리고 새도우.

폴스타프 모울디와 불카프라. 자네는, 모울디, 집에 머물게 복무
　　를 다할 때까지. 그리고 자네로 말하자면, 불카프, 수송아지
　　니 자라야 복무를 하지. 두 사람 다 필요 없다.

불카프와 모울디 퇴장

샐로우 존 경, 존 경, 그러시면 손해 보시는 거죠. 부하로 그중 나은 두 사람인데요. 저는 기사님께 최상의 부하를 대 드리고 싶고요.

폴스타프 내게 가르치겠다는 거요, 샐로우 선생, 사람 고르는 법을? 내가 팔다리를, 힘을, 부피를, 그리고 거구를 보고 사람 판단하는 줄 아시오? 기백이 중요한 거요, 샐로우 선생. 여기 워트를 보시오, 얼마나 누더기 차림인지 보이시오? 그가 당신을 장전, 발사하고 말 거야, 백랍 세공인 망치 동작으로 말이지, 히까번쩍하는 게 교수대 어깨에 지고 좌우 양동이 균형잡는 양조장 일꾼보다 더 빠르지. 그리고 바로 이 얼굴 얇은 친구 새도우, 이 사람을 갖겠다 이거야. 그는 적한테 도통 과녁이 안 돼요. 적병이 이 사람을 아무리 잡고 싶어도 주머니 칼 날 맞추기라. 그리고 후퇴를 하게 될 경우, 이 휘블이라는 여성복 재단사 줄행랑이 얼마나 신속하겠나! 오, 나는 홀쭉한 부하가 필요해, 덩치 큰 놈 사양이고.─머스킷총을 워트에게 지급해 주게, 바돌프.

바돌프 〔워트에게 머스킷총을 주면서〕 집총, 워트. 행군─착, 착, 착!

　　　　　워트가 행군한다.

폴스타프 〔워트에게〕 자, 머스킷총 다뤄 봐. 그렇지, 아주 잘하는군. 계속, 아주 좋아, 탁월하게 좋다. 오, 난 언제나 작고, 야위고, 늙고, 살이 트고, 머리 벗겨진 사수가 좋더라! 그렇고말고, 정말, 워트, 자넨 훌륭한 건달이로세. 갖고 있게 〔동전을 주면서〕 6펜스를 네게 주겠다.

샐로우 집총술이 서투르네요, 제대로가 아니군요. 내 기억으로 민병훈련소 마일엔드 그린에, 내가 클레멘트 기숙사에 있을 때죠—내가 그때 아서왕 궁술야외극에서 원탁의 기사 데이고닛 경 역이었죠—어떤 작고 날랜 친구 하나가, 자기 총을 이렇게 다루고는, 돌고 또 돌더니, 찌르고 다시 찌르더라구요. '라-타-타' 그러기도 하고, '쏘아!' 그러기도 하던데. 그리고 멀어지고 다시 갔다가, 다시 오고 그러더라구요. 그런 친구야 다시 볼 수 없을 거지만.

폴스타프 이 친구들이 잘할 거요, 샐로우 선생. 하나님께서 지켜 주시기를, 사일런스 선생, 당신들과 여러 말 하지 않겠소. 잘 지내시오, 두 신사분 모두 고맙소. 난 오늘 밤 열두 마일을 가야 해서.—바돌프, 병사들에게 군복을 지급하라.

샐로우 존 경, 주님의 축복을 빕니다. 하시는 일 번창하기를! 하나님께서 우리에게 평화를 내려 주시기를! 돌아오실 때, 제 집에 들러 주십시오 옛정을 되살려 보시죠. 혹시나 내가 기사님과 궁궐엘 가게 될지 모르죠.

폴스타프 정말, 재판관께서 바란 대로 된다면 좋겠소!

샐로우 무슨 말씀, 전 진심으로 하는 말입니다. 하나님께서 지켜 주시기를!

폴스타프 잘 지내시오, 점잖은 신사분들.

〔샐로우와 사일런스 퇴장〕

가라, 바돌프, 부하들을 인솔해.

〔바돌프, 워트, 섀도우, 그리고 휘블 퇴장〕

돌아오게 되면, 내가 이 재판관들을 사기 쳐 먹고 말 테다. 샐로우 재판관 놈 바닥이 보이는군. 주여, 주여, 우리 늙은이들은 왜 툭하면 거짓말하는 악덕의 사냥감이 되는 거냐 이 말

이요! 방금 이 빌어먹을 재판관 놈은 자기 젊었을 때 치던 지
랄과 턴불 가 우범지대 싸돌아다니며 벌인 행각을 수다 떠는
거 말고는 한 게 없는데, 세 번째 단어마다 거짓말이야, 듣는
이에게 전달되는 속도가 터키 술탄한테 바치는 죽음의 세금
보다 더 빠르군. 클레멘트 법학원의 그자 물론 기억나지, 저
녁 먹고 남은 치즈 뭉친 거처럼 생긴 놈. 벌거벗은 꼴은 아무
리 좋게 봐줘도 사지 갈라진 무다. 그 꼭대기에 괴상망측한
머리를 칼로 새겨 놓은 꼬라지였어. 어찌나 얇은지, 시력이
나쁘면, 안 보였고. 굶주림의 영혼 그 자체였다구. 그런 주제
에 여자 밝히는 건 원숭이나 매한가지, 창녀들은 그를 '맨드
레이크'라 불렀고. 늘 유행에 뒤떨어진 복장이다. 시들어 빠
진 창녀들한테 불러 주는 노래라는 게 짐마차 마부들 휘파람
소리 얻어들은 거. 그러고는 맹세를 하는 거야 그것들이 자신
의 애창곡 아니면 자기 자신의 연가라고 말이지. 그런데 이
제 이 악덕의 비수가 향사시라네. 그리고 고온트의 존 얘기를
자신의 의형제나 되는 듯 허물없이 하는 거라, 내가 맹세컨
대 그가 그분을 본 건 딱 한 번, 마상 시합장 틸트야드에서뿐
이고, 그때 그분이 그자 머리통을 부쉈어요, 비좁은데 문장원
총재 부하들 사이에서 엉기적거린다고 말이지. 내가 그걸 봤
어, 그리고 고온트의 존께 한마디 해 주었지, 고온트가 말라
깽이란 뜻인데 자기 이름을 때리면 어떡하냐고, 그자는 뱀장
어 껍질 하나면 몸과 입성 전부를 꾸릴 수 있을 정도였거든.
고음역 오보에 케이스면 그에게는 저택이었지, 궁궐이고. 그
런데 이제 그자가 땅과 황소깨나 갖고 있다네. 좋다, 내가 돌
아오게 되면 그자와 친하게 지낼 테다. 그리고 기를 써서 그

를 나한테 연금술의 철학자 돌보다 가치가 두 배인 호구로 만들어 버릴 테다. 어리고 작은 물고기로 나이 먹은 창꼬치를 잡는 마당에, 자연의 법칙상 내가 그자를 덥석 물지 못할 이유가 없지. 시간에 맡긴다. 시간이여 모양 지으라, 그리고 끝이 있게 하라.

퇴장

제4막

오, 왕권이여,
네가 네 담지자를 죄는 것이,
찌는 듯한 더위에 차려입은 중무장 같아서,
안전할수록 살이 데이는 것을.

4막 1장

요크셔, 골트리 왕실 숲 내부

무장한 요크 대주교, 토머스 모브레이, 헤이스팅스 경, 그리고 코
울빌 등장

요크 대주교 이 숲 이름이 어떻게 됩니까?

헤이스팅스 골트리 숲이라고 합니다마는.

요크 대주교 여기에 진을 치죠, 영주님들, 그리고 정찰대를 보내어
　　적들의 병력을 알아 오게 하세요.

헤이스팅스 이미 보냈습니다.

요크 대주교 잘하시었소.
　　이 위대한 일에 동참해 주신 내 친구와 형제분들,
　　여러분께 알려 드려야겠소이다 내가
　　최근 편지를 노섬벌랜드로부터 받았다는 것을,
　　편지의 냉담한 내용, 기조, 그리고 요지는, 이렇소.
　　정말 이리로 직접 오고 싶다, 병력을
　　나의 직위에 걸맞게끔 거느리고,
　　하지만 그 병력을 소집할 수가 없다, 그러므로
　　나는 물러나 있겠다 증대하는 내 운을 무르익히기 위해
　　스코틀랜드로, 그리고 진심어린 기도로 끝을 맺나니
　　그대들의 거사가 위난과

적과의 두려운 만남에서 살아남기를.

모브레이 이렇게 우리가 그에게 가졌던 희망은 바닥을 치고
스스로 산산조각 나는군요.

전령 등장

헤이스팅스 그래, 무슨 소식이냐?

전령 이 숲 서쪽, 1마일도 채 떨어지지 않은 곳에,
전투 대형으로 적들이 다가옵니다.
그리고, 그들이 뒤덮은 땅으로 보아, 그들 병력은
3만을 웃돌거나 근접할 것으로 사료됩니다.

모브레이 우리가 어림잡았던 바로 그 규모군.
병력을 이동시켜서, 벌판에서 그들과 대적합시다.

웨스트모얼랜드 백작 등장

요크 대주교 완전군장을 하고 이리로 들이닥치는 저 지휘관은 누구요?

모브레이 웨스트모얼랜드 영주님 같은데요.

웨스트모얼랜드 건강을 기원하며 안부 인사를 전하십니다 우리의 총사령관이신,
왕자, 존 경이자 랭커스터 공작께서요.

요크 대주교 말씀 계속하시오, 웨스트모얼랜드 백작님, 조용한 어조로,
어쩐 일로 오셨는지.

웨스트모얼랜드 그렇다면, 대주교님,
대주교 예하께 내가 주로 전하겠습니다

하고픈 말의 요지를. 만일 저 반란이

반란 그 자체로 일어난 것이라면, 비천하고 난폭한 무리 속에서,

피에 굶주린 청년들이 이끌고, 넝마로 장식되고,

애송이와 거지들이 찬동한 것이었다면,

제 말은, 저주받은 소요가 그렇게

진정한 본래의, 그리고 가장 적절한 제 모습으로 나타난 것이라면,

귀하, 대주교님, 그리고 여기 계신 고결한 영주님들이

여기 계시어 옷을 입히지는 않았을 겁니다. 추악한 형태,

비천하고 피에 굶주린 폭동의 그것에

여러분들의 아름다운 명예의 옷을. 귀하, 대주교 경,

귀하의 교구는 시민 평화로 유지되는 것이건만,

귀하의 수염은 은으로 된 평화의 손이 어루만져 준 것이건만,

귀하의 배움과 학문은 평화가 가르친 것이건만,

귀하의 하얀 성의가 표상하는 것은 순진,

비둘기 그리고 바로 평화의 축복받은 정신이건만,

어찌하여 귀하는 자신을 그토록 왜곡 번역하는 것이오.

이런 은총이 담긴 말씀을

거칠고 사나운 전쟁의 언어로,

귀하의 성서를 무덤으로, 귀하의 잉크를 피로,

귀하의 펜을 창으로, 그리고 귀하의 신성한 혀를

전쟁의 요란한 나팔과 신호로 변형하면서?

요크 대주교 내가 왜 이러느냐? 질문이 그거구려.

간단히 말하면, 목적은 이렇소. 우리는 모두 병들어 있고,

우리의 포식과 방종의 나날로써

우리 자신을 불타는 열병 속으로 몰아넣었소,

그러니 우리는 피를 흘려 그 병을 고쳐야 하오—그 병으로,

우리의 리처드 왕 고인께서, 감염되었으므로, 돌아가셨지요.

그러나, 너무나 고결한 나의 웨스트모얼랜드 경,

난 지금 의사 역을 자처하는 게 아니오,

내가 평화의 적으로서

병사들을 떼로 모아 행군하는 것도 아니오.

다만 얼마 동안 뭐랄까 무시무시한 전쟁의 모습을 띠어

감량하려는 것, 행복을 지켜워하는, 부어 오른 마음을,

그리고 숙청하려는 것, 방해물, 우리 생명의

맥 자체를 막기 시작한 그것을. 보다 분명하게 말해 보리다.

나는 동일한 저울로 공정하게 재 보았소

어떤 불의를 우리 군대가 저지를지, 어떤 불의를 우리가 겪을지,

그래 보니 우리의 슬픔이 우리의 범법보다 더 무겁더이다.

우리는 보오 어느 쪽으로 시간의 흐름이 내닫는지,

그리고 강제로 떠밀려 왔소 우리의 가장 고요한 해변으로부터

사태의 거센 급류에 의해.

그리고 요약하였소 우리의 모든 슬픔을,

때가 되면, 항목 별로 보여 주려고 말이오,

그리고 그것을 이미 오래 전 국왕께 제시하였는데

아무리 탄원을 해도 듣는 사람이 없었소.

우리가 부당한 취급을 받고, 우리의 불만을 펼쳐 보이려 했을 때,

우리는 왕의 친견을 거부당했소

바로 우리를 가장 핍박했던 자들에 의해서 말이오.

시절의 위험이 사라진 게 바로 엊그제고,

대지 위에 쓰여진 기억의

글씨에 아직 피가 사라지지 않았고, 지금 현재,

사례는 매 분마다 발생하니,

우리는 부득이 이 어울리지 않는 무기를 든 것이오.

평화를, 그 가지 하나라도, 꺾기 위해서가 아니라,

이 땅에 평화를 확립하기 위해서요 정말로,

명분과 내용 모두 일치하는.

웨스트모얼랜드 하지만 도대체 귀하의 탄원이 언제 기각되었단 말씀입니까?

무슨 일로 귀하께서 국왕 폐하께 앙심을 품게 된 겁니까?

어떤 귀족들이 뇌물을 받고 귀하를 성나게 하였길래,

귀하가 찍어 줘야 했단 말입니까, 이 무법의 피에 굶주린 책,

위조된 반역의 그것에 신성한 검열 통과 도장을?

요크 대주교 내 형제들 일반을 위해, 특수하게

국가와 내가 싸움을 벌인달까.

웨스트모얼랜드 이런 식으로 고칠 필요는 전혀 없지요

설령 있단들, 그건 귀하 일이 아니고요.

모브레이 부분적으로 그분 일, 그리고 우리 모두의 일 아니겠소,

이전 시절의 상처를 느끼고,

요즘 시절 상태의

무겁고 부당한 손에

명예를 억압당하는 사람들 모두의?

웨스트모얼랜드 오 훌륭하신 나의 모브레이 경,

시대의 필연이라는 걸 생각해 보시오.

그러면 당신은 정말 이렇게 말해야죠 시대가,

국왕 폐하가 아니라 시대가 당신을 가해한다고.

하지만 당신으로 말하자면, 내가 보기에,

국왕 폐하한테든 이 시대한테든

앙심을 세울 토대가

1인치도 없지요. 당신은 돌려받지 않았소

노포크 공작, 기억에 선명한 당신의 고결하고 올바른

아버님의 모든 재산을?

모브레이 내 아버님이 명예 면에서 뭘 잃었기에

나로 하여 재생되고 숨결을 토할 필요가 있겠소?

그분을 사랑하셨던 왕께서, 그때 사정이 그러하였으므로,

자신의 의지에 반하여 그분을 추방하지 않을 수 없었던 거

였소

그리고 나서 저 헨리 볼링브루크와 그분이,

말에 올라타고 둘 다 자리가 높아져,

히힝 우는 그들의 준마에 박차를 가하고,

그들의 강철 꼭지 창, 공격을 준비하고, 그들의 투구 덮개

내리고,

그들 불의 눈 그 틈으로 불꽃 튀고,

요란한 나팔 소리 그들을 한데 불러 모으면서,

　　그때, 그때, 아무것도 내 아버님을

　　볼링브루크의 가슴에서 떼어낼 수 없었을 때—

　　오, 왕이 정말 자신의 지휘봉을 내던졌을 때,

　　스스로 내던진 그 지휘봉에 그분 자신의 목숨이 걸려 있었
던 거요,

　　그때 그가 내던진 것은 자신과 모든 사람들의 목숨이었소,

　　재판에 의해 그리고 칼의 힘으로

　　그 후 볼링브루크 치하에서 사라지게 될 모든 사람들의.

웨스트모얼랜드　당신 말은, 모브레이 경, 뭘 모르고 하는 소리요.

　　헤러포드 백작 볼링브루크 님은 당시 평판이

　　잉글랜드에서 가장 용감한 신사였소.

　　누가 안단 말이오 누구한테 운명의 여신이 당시 미소를 지
었는지?

　　하지만 설령 당신 아버지가 거기서 승자였단들,

　　전리품을 코번트리로부터 결코 가져오지 못했소,

　　왜냐면 모든 주가 한 목소리로

　　그에게 증오를 퍼부어 댔으니까, 그리고 그들의 온갖 기도
와 사랑은

　　헤러포드를 향했소, 그들은 그분한테 홀딱 빠져

　　축복과 은총을 빌어 주었으니까, 정말, 왕보다 더.

　　그러나 이 얘기는 내가 온 목적에서 옆길로 샌 얘기일 뿐.

　　내가 여기 온 것은 우리 사령관 왕자님의 명으로

　　여러분들의 불만을 알고, 여러분의 말을 들어 보겠다는

　　저하의 말씀을 전하기 위해서요. 그리고 그중에

여러분의 요구가 정당하다고 보인다면

요구를 들어주시겠다 하오, 모든 것,

여러분을 적으로 여길 만한 모든 걸 잊으시겠다 하셨소.

모브레이 그러나 그는 우리를 이렇게 만들어 놓고는 어쩔 수 없자

이 제안을 내놓는 거요,

그러니 정치적 술수일 뿐, 진심에서 우러나온 게 아니지.

웨스트모얼랜드 모브레이, 무엄하오 그렇게 생각하다니.

이 제안은 자비에서 나온 것이지, 두려움에서 나온 게 아니

오.

왜냐면 보시오, 시야 안에 모두 우리 군사들 아닌가,

내 명예를 걸고 말하건대, 모두 너무나도 자신만만하여

두려운 생각을 허용할 겨를이 없지.

우리 군에는 여러분 군보다 작위 소유자가 더 많고,

우리 병사들이 무기를 더 완벽하게 다루고,

우리의 갑옷은 모두 못지않게 단단하고, 우리의 명분은 최

선이오.

따라서 우리의 가슴은 못지않게 착한 것이오.

그러니 우리가 어쩔 수 없어 제안을 한다는 망발 삼가시오.

모브레이 어쨌든, 난 결코 협상을 받아들일 수 없소.

웨스트모얼랜드 그러면 당신이 저지른 죄의 수치를 입증할 뿐이

오.

썩은 명분은 오래 버티지 못하는 법.

헤이스팅스 존 왕자께서는 전권을 위임받고,

그분 아버님의 권위를 온전히 입은 상태로,

들으시고 또 절대적으로 결정하시게 되는 겁니까

우리가 어떤 조건에 처할지를?

웨스트모얼랜드 그건 총사령관 직함에 이미 적시되어 있소.

당연한 걸 물으시다니.

요크 대주교 그렇다면 받으시오, 웨스트모얼랜드 경, 이 문서를.

이 안에 우리의 불만 전반이 담겨 있으니.

여기 적힌 항목 각각이 바로잡히고,

우리 명분의 온갖 일원들, 여기에 있거나 없거나,

근육처럼 굳게 뭉쳐 행동에 나선 이들이

진정한 구속력이 있는 칙령으로 사면되고,

우리 요구의 즉각 집행이

우리에게 우리 목적에 맞게 허용된다면

우리는 다시 왕께 외경을 표하는 둑 안으로 들어가,

우리의 힘을 평화의 무기로 짜낼 것이오.

웨스트모얼랜드 〔문서를 받으며〕 이것을 제가 총사령관께 전하지요.

부디, 경들,

양쪽 진영이 보이는 곳에서 우리 만나기를 바랍니다.

그리고 평화로 마무리하던지—하나님이 허락하시어—

아니면 갈등의 장소로 칼을 불러

결정해야겠지요.

요크 대주교 경, 그렇게 합시다.

웨스트모얼랜드 퇴장

모브레이 뭔가 께름칙하네요

우리의 평화 조건 어느 것도 별무 소용일 것 같아요.

헤이스팅스 그 점은 염려 마세요. 우리가 요구하는

이 평화 조건은 워낙 폭넓고 또 절대적이라

얻어 내기만 한다면

우리의 평화는 바위투성이 산맥처럼 탄탄하게 설 겝니다.

모브레이 그렇겠죠, 하지만 우리의 평판이 이러하니

아주 사소한 터무니없는 명분이라도,

예, 아무리 쓸데없는, 쩨쩨한, 그리고 천박한 이유라도

왕한테는 이 반역의 맛을 풍기게 될 거요.

하여, 왕에 대한 우리의 충성이 우리를 애정 어린 순교자로

만든단들,

우리를 까부를 바람이 너무도 거세어

우리의 곡식 낱알조차 왕겨나 마찬가지로 가벼이 보이고

옥석 구분이 안 될 것입니다.

요크 대주교 아니, 아니죠, 나의 영주님, 이 점을 생각하세요. 왕은

지쳤어요

까다롭고 이렇게 사소한 불만에,

깨달은 거죠, 죽음으로 두려움 하나를 끝내는 일은

더 큰 두려움 둘을 삶의 상속인으로 되살려 내는 일이라는

것을,

그러하므로 그는 자신의 메모장을 말끔히 썻어 내고 싶을

겝니다,

자신의 기억에 구설수를 두고 싶지 않은 거죠,

그의 손실을 반복하고 재론하여 새로운 회상을

불러일으킬 테니까. 왜냐면 그는 잘 알고 있어요

자신의 의심이 이는 족족

이 땅에서 잡초를 뽑아낼 수는 없다는 것을.

그의 적은 워낙 그의 친구들과 뿌리가 얽혀 있죠

그래서, 적 하나를 제거하려고 뽑다가는

정말 친구 하나를 위태로이 뒤흔들게 되는 거거든요.

하여 이 나라는, 너무 달겨드는 아내,

그가 너무 화가 나서 손을 보게 만드는 아내처럼,

때리려는 그에게 그의 자식을 갖다 댑니다.

그렇게 징벌은 집행되기 직전

유예되는 거구요.

헤이스팅스 게다가, 왕은 자신의 모든 회초리를

최근의 말썽꾼들에게 다 써 버렸지요. 이제 정말

징벌 수단 그 자체가 없다니까요.

그래서 그의 권력은, 이빨 빠진 사자가 그렇듯,

위협은 하겠으나, 그걸 유지하지는 못합니다.

요크 대주교 정말 옳은 말씀이오.

그러하므로 의심 마시오, 훌륭하신 나의 문장원 총재,

우리가 정말 화해를 잘 이끌어 낸다면,

우리의 평화는, 부러졌다 다시 붙은 사지처럼,

더 튼튼할 것이오, 부러졌던 적이 있으므로.

모브레이 그러면 좋겠지요.

〔웨스트모얼랜드 등장〕

웨스트모얼랜드 경이 다시 이리로 오네요.

웨스트모얼랜드 왕자님께서 근처에 와 계십니다. 청컨대 경들께서는

저하를 양 진영 중간에서 만나 주시지요?

모브레이 요크 대주교 예하, 그렇다면 가시지요 하나님의 이름으

로.

요크 대주교　앞장서시오, 그리고 왕자 저하를 맞이하시오!—백작,
　　가십시다.

<blockquote>그들이 행군하며 무대를 가로지른다.
존 왕자, 포도주를 든 병사 한두 명과 함께 등장</blockquote>

존 왕자　반갑소. 여기서 만나는구려, 내 친척 모브레이.
　　안녕을 빕니다, 친절하신 대주교 경.
　　그리고 그대, 헤이스팅스 경, 그리고 모두에게.
　　나의 대주교 경, 그때 경의 모습이 보기에 더 좋았습니다
　　경의 양떼가, 종소리를 듣고 모여서,
　　경을 둘러싸고 경을 존경하며
　　경의 성경 강독에 귀를 기울이던 때가,
　　지금 여기서 경이 강성한 군인으로서,
　　경의 북으로 역도 패거리들을 북돋우는 모습보다는,
　　말씀을 칼로, 그리고 생명을 죽음으로 변형하면서 말입니
다.
　　그 사람, 군주의 마음 속에 자리를 잡고
　　군주 은총의 햇빛으로 무르익던 바로 그 사람이,
　　국왕의 총애를 악용한다면,
　　아아, 그자가 야기할 악행은 얼마나 끔찍할 것인지요,
　　이런 위대함 속에 숨어! 그대의 경우가, 대주교 경,
　　바로 그렇다 할 것이오. 우리 모두 듣지 않았습니까
　　그대가 하나님의 성서 안에 아주 깊이 몸담고 있다고,
　　우리에게, 그대는 하나님 의회의 대변인,

우리에게, 그대는 우리가 상상하는 하나님 자신의 목소리,
해석자이자 정보 제공자 아니었습니까
하늘의 은총, 거룩함과,
우리의 아둔한 생각 사이의? 오, 누가 믿으리오
바로 그대가 그대 직위에 대한 뭇사람의 경외를 악용하고,
하늘의 총애와 은총을 동원하기
흡사 거짓된 총신이 군주의 이름을
불명예 행위에 써먹듯 하리라고? 그대는 징병했소.
하나님에 대한 열정을 가장하며,
하나님의 대리인, 내 아버님의 신민들을,
그리고, 하늘과 그분의 평화 양자에 맞서
이곳에 모아 성난 벌떼로 만들었소.

요크 대주교 훌륭하신 나의 랭커스터 영주님,
나는 그대 아버님의 평화에 맞서 여기 있지 않습니다.
아니라. 내가 웨스트모얼랜드 경에게 말했듯,
어지러워진 시대가 정말, 상식적으로,
우리를 떼로 모아 우그러트린 것이오 이 흉한 형태로,
우리의 안전을 유지하기 위하여. 내가 저하께 보냈습니다
우리 불만의 항목과 세부 사항을,
궁정에서 코웃음 치며 밀쳐 냈던,
그래서 이 히드라 같은 전쟁 아들이 태어나게 된 그 내용을.
그 위험한 눈들을 제대로 잠기게 만드는 주술은
우리의 매우 정당하고 올바른 요청의 승인일 것이오,
그러면 진정한 복종이, 이 광란을 치유하고,
공손히 허리를 굽힐 것입니다. 폐하 권위의 발 아래.

모브레이 그렇지 않을 경우, 우리는 기꺼이 운을 시험해 볼 거요
　　　마지막 한 사람까지.
헤이스팅스 그리고 우리가 설령 여기서 무너진대도,
　　　다시 시도할 지원병이 우리한테는 있습니다.
　　　그들이 잘못될 경우, 그들의 지원병이 다시 시도할 것이고
　　요.
　　　그렇게 불운으로부터 성공이 태어날 것이고,
　　　대대로 이 싸움을 유지할 겁니다,
　　　잉글랜드에 자손이 있는 한에는.
존 왕자 그대는 너무 천박하오, 헤이스팅스, 너무도 천박하지,
　　　미래의 바다를 울리기에는.
웨스트모얼랜드 저하께서는 부디 즉답을 해 주시지요
　　　그들의 요구 조항을 어디까지 받아들이실 건지요?
존 왕자 모두 좋소, 그러니 전부 받아들이겠소,
　　　그리고 이 자리에서 맹세하오, 내 혈통의 명예를 걸고,
　　　내 아버님의 의도가 와전되었고,
　　　아버님 주변의 몇몇이 너무나 제멋대로
　　　그분의 뜻과 권위를 참칭하였소.
　　　〔대주교에게〕예하, 이 불만들은 신속히 시정될 것입니다,
　　　내 영혼을 걸고 그리될 것이오. 괜찮으시다면
　　　예하의 병력을 그들 각각의 주로 소집 해제시키시오,
　　　우리도 그리할 것인즉, 그리고 이곳 양 진영 사이에서
　　　우의로써 함께 술을 들고 포옹합시다,
　　　그들의 모든 눈이 이 증거를 갖고 귀가할 수 있도록,
　　　회복된 우리의 사랑과 우애의 증거 말이오.

요크 대주교 제가 이 교정 조처에 대한 왕자님의 언약을 받자옵니다.

존 왕자 내가 주겠고, 약속을 지킬 것이오.

　　　그리고 그 보장으로 대주교께 건배드리는 바요.

　　　　　그가 술을 마신다.

헤이스팅스 〔코울빌에게〕 가시게, 지휘관, 가서 병사들에게 전하게

　　　이 평화의 소식을. 급료를 주고, 해산하라 하게.

　　　무척 기뻐할 게야. 어서 가라니까, 지휘관.

　　　　　코울빌 퇴장

요크 대주교 귀하께 건배하겠소, 고결한 나의 웨스트모얼랜드 경!

　　　　　그가 술을 마신다.

웨스트모얼랜드 〔술을 마시며〕 예하께 축배. 지금의 평화를 만들어 내려고

　　　제가 얼마나 노심초사했는지 아신다면 예하께서는

　　　마음 놓고 건배하실 테죠. 하지만 예하에 대한 제 애정은

　　　향후 더 공공연할 것입니다.

요크 대주교 경을 믿겠소.

웨스트모얼랜드 그 말씀 들으니 반갑습니다.

　　　〔술을 마시며〕 건강하시오, 훌륭한 나의 친척 모브레이 경!

모브레이 경께서는 적절한 순간에 제게 건강을 기원해 주시는군요.

　　　제가 갑작스레 감이 좀 안 좋거든요.

요크 대주교 나쁜 일 전에는 사람이 늘 즐겁기 마련,

　　　하지만 슬픔 다음에 경사가 오기 마련이라 했소.

웨스트모얼랜드 그러니, 기분 푸시오, 친척, 갑작스런 우울은

　　　이런 말에 복무하는 거니까. 뭔가 좋은 일이 내일 생기리라.

요크 대주교 정말, 너무나 유쾌하오.

모브레이 훨씬 더 께름칙하죠, 대주교님 자신의 법칙에 따라.

　　　　　　안에서 함성

존 왕자 평화 소식이 전달되었군. 저 함성 소리 좀 들어 보시오.

모브레이 승리한 함성이라면 더 기운찼을 것을.

요크 대주교 평화란 사실상 정복과 같아요,

　　　양쪽이 고결하게 스스로를 억누르는 것이거든,

　　　어느 쪽도 패자가 아니고요.

존 왕자 〔웨스트모얼랜드에게〕 가세요, 경,

　　　가서 우리 병력도 소집 해제하세요.

　　　　　　〔웨스트모얼랜드 퇴장〕

　　　〔대주교에게〕 그리고, 훌륭하신 예하, 부디, 예하의 부대를

　　　제 옆으로 행군케 하시지요, 한번 살펴보는 게 좋겠어서요

　　　우리가 맞서 싸울 뻔했던 병사들이니까.

요크 대주교 가세요, 훌륭하신 헤이스팅스 경,

　　　그리고 소집 해제되기 전에, 여기를 행군해 지나라 하시오.

　　　　　　헤이스팅스 퇴장

존 왕자 내 생각에, 경들, 오늘 밤은 함께 묵어야 할 것 같소.

　　　　　〔웨스트모얼랜드가 지휘관 몇 명과 함께 등장〕

그런데, 친척, 왜 우리 군대는 여전히 해산을 안 하고 있소?

웨스트모얼랜드　지휘관들이, 대기하라는 저하 명을 받은지라,

　　저하의 명을 직접 들을 때까지 해산을 할 수 없답니다.

존 왕자　충성스런 신하로다.

　　　　　　　헤이스팅스 등장

헤이스팅스　〔대주교에게〕우리 부대는 흩어졌습니다.

　　멍에를 벗은 기운찬 수송아지처럼, 뿔뿔이 흩어졌어요,

　　동으로, 서로, 북으로, 남으로, 혹은, 파한 학교처럼,

　　제각각 집과 놀이터를 향하는.

웨스트모얼랜드　좋은 소식이오, 헤이스팅스 경, 그리고 그것에 맞추어

　　체포하겠다, 그대, 반역자를, 대역죄로.

　　당신도, 대주교 경, 그리고 당신도, 모브레이 경,

　　국가 반역죄로 둘 다 체포한다.

　　　　　　지휘관들이 헤이스팅스, 대주교, 그리고 모브레이를 감시 경계한
　　　　　　다.

모브레이　이게 정당하고 명예로운 절차요?

웨스트모얼랜드　당신의 회합은 그러한가?

요크 대주교　이렇게 신의를 깹니까?

존 왕자　그대에게 신의를 약속한 바 없다.

　　내가 약속한 것은 시정이었다. 그대가 불평했던

　　바로 그 불만의 그것은, 내 명예를 걸고,

　　수행하리라 가장 기독교인다운 배려로써.

하지만 너희 역도들은, 기대하거라 쓴맛,
너희들이 벌인 반역 행동에 걸맞는 쓴맛을.
너무도 천박하게 너희들은 이 군사작전을 개시했고,
어리석게 이리 데려왔고, 멍청하게 저리 보냈느니.―
북을 울려라, 흩어진 잔당들을 추적하라.
하나님께서, 우리가 아니라, 오늘 무사히 싸워 주셨도다.
몇몇은 이 반역자들을 죽음의 구역으로 호송하라,
그곳이 반역의 진정한 침대며 생명을 내뱉는 곳일지니.

　　　모두 퇴장

4막 2장

장면 계속

✠

전투 경보. 병사들 오고 감. 존 폴스타프 경과 코울빌 경 등장

폴스타프 이름을 밝혀라, 그대, 신분을 밝혀라, 직책은 뭐냐, 도대
체?

코울빌 난 기사요, 귀하, 내 이름은 데일의 코울빌이고요.

폴스타프 오냐, 그렇구나, 코울빌이 네 이름이고, 기사가 네 지위
고, 장소는 데일이로다. 코울빌은 여전히 네 이름일 터, 직위
는 반역자고, 지하 감옥이 네 장소로다—그곳은 꽤나 깊으니,
네놈은 여전히 데일, 골짜기의 코울빌이리로다.

코울빌 존 폴스타프 경 아니시오?

폴스타프 그쯤은 되는 분이다, 이놈, 이 몸이 누구시든. 항복하라,
이놈, 아니면 내가 너를 위해 땀 좀 흘려 주랴? 내가 땀을 흘
리면, 그것은 네 친구들의 눈물일 터, 그리고 그들이 네 죽음
을 울게 될 터, 그러니 두려움과 전율을 분발시키고, 나의 자
비에 무릎을 꿇으라.

코울빌 〔무릎을 꿇으며〕 내 생각에 존 폴스타프 경이 맞는 것 같소,
그리고 그 생각에 나를 맡기오.

폴스타프 〔방백〕 이 배 안에 온갖 학파의 혓바닥이 들어 있건만, 내
이름만 이구동성 외치는군. 이놈의 배만 웬만했어도, 유럽에

서 가장 전투에 능한 자 소리 듣는 거 일도 아닌데. 내 배여, 내 배, 이놈의 배가 날 망치는구나.

〔존 왕자, 웨스트모얼랜드 백작, 존 블런트 경, 그리고 다른 경들과 병사들 등장〕

우리 사령관님 오시네.

존 왕자 그만하면 되었다. 더 이상 추적치 말라.

〔철수 나팔 소리〕

병사들을 부르시오. 우리 웨스트모얼랜드 친척.

〔웨스트모얼랜드 퇴장〕

그런데, 폴스타프, 그대는 우리가 이러는 동안 어디에 있었는가?

모든 일이 끝나니, 그대가 왔군.

이 게으른 그대 수작은, 반드시,

훗날 그대 목을 교수대에 매리라, 교수대가 부서질망정.

폴스타프 죄송하단 말씀 드리고 싶사오나, 왕자님, 사정이 이러합니다. 전 이제까지 용기의 대가로 꾸짖음과 비난만 받았습니다. 제가 제비입니까, 화살입니까, 혹은 총알입니까? 저의 초라하고 늙은 동작이 생각의 속도에 달한단 말입니까? 저는 가능성의 단 1인치도 까먹지 않고 서둘러 이곳으로 왔는데요, 말을 절름발이로 만든 게 180필이 넘고요, 그리고 여기서, 여행에 찌든 몸이지만, 나의 순수하고 때 묻지 않은 용기로 사로잡았다 이겁니다. 이 데일의 존 코울빌 경을, 가장 난폭한 기사이자 용감한 적이죠. 하지만 그게 다 무슨 소용? 그가 나를 보았고, 내게 항복했다 이거예요. 그러니 전 마땅히 이렇게 말해야겠죠. 로마의 그 매부리코 친구처럼, '왔노라, 보았

노라, 그리고 이겼노라.'

존 왕자 그건 그자가 항복한 거지 그대 공이 아니야.

폴스타프 전 몰라요. 여기 그가 있습니다. 제가 그를 여기 바치고
요, 저하게 간청컨대, 그것을 오늘의 나머지 전공들과 함께
기록해 주시고요. 아니면, 맹세코, 특별히 나를 다룬 유행가
로 말하게 할 겁니다. 표지에 내 그림도 넣고, 코울빌이 내 발
에 입을 맞추고 말이죠. 어쩔 수 없이 그리될 경우, 여러분들
모두 나에 견주어 가짜 2펜스 동전처럼 보일 거구, 나는 명성
의 맑은 하늘에 떠서 새까맣게 타 그녀에 비하면 못핀 대가리
처럼 보이는 별의 재를 만월이 압도하듯 빛으로 여러분 압도
할 거요, 아니면 귀족들이 새빨간 거짓말쟁이거나. 그러니 내
권리를 갖게 해 주시고, 전공에 대한 보상을 내려 주시는 것
이.

존 왕자 내려 준들 몸이 무거워 올라오시겠나.

폴스타프 그렇다면 빛을 뿜을 밖에요.

존 왕자 몸이 탁해서 빛이 나겠나.

폴스타프 뭐든 좀 하게 두시죠, 훌륭하신 왕자님, 내게 좋은 쪽으
로, 이름 붙이는 건 왕자님 멋대로 하시고요.

존 왕자 그대 이름이 코울빌인가?

코울빌 그렇습니다, 저하.

존 왕자 유명한 역도렷다, 코울빌.

폴스타프 유명한 진짜 신민이 체포했구요.

코울빌 저는, 저하, 다만 저의 상관들을 따라
이리 왔을 뿐입니다. 그들이 내 말을 따랐다면
저하께서는 그들을 잡기 위해 분명 더 많은 희생을 치렀을

겁니다.

폴스타프 여차지차는 잘 모르겠으나—그자들은 제 몸을 팔았어,
하지만 귀하는
착한 친구처럼 귀하 몸을 거저 내놓았지,
내가 귀하게 고맙다고 하는 것이고.

웨스트모얼랜드 백작 등장

존 왕자 추적을 그만두었소?

웨스트모얼랜드 철수 조치를 취했고, 집행은 아직입니다.

존 왕자 코울빌을 그의 공범들과 함께 보내시오
요크로, 즉각 처형하도록.
블런트, 그를 데려가오. 감시 경계를 소홀히 마시고.

〔블런트, 코울빌을 데리고 퇴장〕

그럼 이제 우리는 궁으로 갑시다. 우리 경들.
내 부왕께서 병이 깊으시다는 소식이오.
〔웨스트모얼랜드에게〕 우리 소식을 먼저 폐하께 전해야 하는
데,
그 일을, 친척, 친척께서 해 주시오. 그분께 위로가 되리니
그러면 우리는 제 속도로 경을 따르겠소.

폴스타프 왕자님, 간청컨대 제게 허락해 주십시오
글로스터셔를 가로지르는 행군을, 그리고 궁에 가시거든
세워 주시오 나를, 착하신 나의 왕자님, 왕자님의 전공 보고
속에.

존 왕자 잘 지내게, 폴스타프. 내가 내 직책으로
자네 가치보다는 높게 말해 줄 작정이니.

폴스타프 귀하는 머리가 있어야하는데 말야, 그게 공작 작위보다
더 낫지 않았을까. 정말, 어리고 정신 말짱한 이 소년이야말
로 날 사랑하지 않는군, 누가 뭐래도 도무지 웃지를 않고. 하
지만 그거야, 그는 포도주를 안 마시니까. 이런 새침떼기 아
이들 잘되는 거 나 못 봤네. 말간 음료는 피를 너무 식혀요,
그리고 생선을 숱해 먹으니, 남자가 여성 황달을 앓게 되지,
그런 채로 결혼을 하면 낳느니 암컷뿐이고. 대체로 바보에다
겁쟁이라고 봐야지―우리 중 일부 또한 그럴 거야, 알코올로
화악 달궈 주지 않으면. 근사한 스페인산 백포도주 한 잔은
두 가지 기능이 있지. 내 두뇌로 올라가 그것을 둘러싼 그 모
든 멍청한 무딘 군은 잡생각을 말려 버리고, 머리가 좋게, 재
빠르게, 창의적이게, 날래고, 불같고, 맛있는 모양으로 가득
차게 만든다. 이 모양들이 목소리, 혀에 전달되어, 탄생하면
탁월한 재치가 되는 것. 탁월한 백포도주의 두 번째 성질은
피를 데워 준다는 거, 왜냐면 피는, 그냥 두면 차갑게 고여,
간장을 창백하게 하고, 그것이 바로 소심과 비겁의 표식이다.
하지만 백포도주는 피를 따스하게 하고, 안에서 사지의 끝까
지 돌게 해 준다, 그것이 얼굴을 밝히고, 얼굴은 봉화불처럼,
이 작은 왕국, 사람의 나머지 전체에 전투 경보를 내리지, 그
러고 나면 생기 넘치는 서민과 내륙의 오만 가지 정기들이 모
두 그들의 지휘관, 심장에게 집합하고, 심장은, 자신을 따르
는 무리로 위대하게 부풀어 올라, 어떤 용기 있는 행동도 마
다하지 않는다. 그리고 이 용맹은 백포도주에서 나와. 그러

니 무기 다루는 솜씨는 포도주가 없다면 아무것도 아니지, 그걸 작동시키는 게 포도주란 말씀. 그리고 배움이란 금송아지 숨겨 두고 기껏 악마가 지키게 하는 꼴이라는 얘기. 포도주가 나서야 비로소 배움이 풀려나고 졸업하고 학위 받고 소용이 되고 그러는 거지. 그러니까 해리 왕세자가 용감한 것이야, 그는 어쩔 수 없이 물려받은 제 아버지의 차가운 피에다, 메마르고, 불임이고, 헐벗은 땅처럼, 거름 주고, 경작해 주고, 갈아 주고 그랬거든, 훌륭한, 그리고 엄청난 양의 백포도주를 마셔 대는 탁월한 노력으로써, 그리하여 그가 매우 흥분 잘하고 용맹스럽게 되었던 것이야. 설사 아들이 천 명이라도 내가 가르칠 인생 첫 수칙은 이거, 싱거운 음료를 멀리하고 색 포도주에 중독되거라.

　　〔바돌프 등장〕

　뭔가, 바돌프?

바돌프　병사들이 소집 해제되어 떠났습니다.

폴스타프　가라지 뭐. 난 글로스터셔를 통과할 거다, 그리고 거기서, 로버트 샐로우 선생, 향사라는 자를 방문할 참이야. 그자는 이미 내 손가락과 엄지 사이에서 봉랍처럼 녹고 있는 참이니, 봉인할 일만 남았다. 따라와, 떠나자!

　　　모두 퇴장

4막 3장

웨스트민스터 궁, 예루살렘 실

침대에 누운 헨리 왕, 워릭 백작과 클래런스 공작 토머스, 글로스
터 공작 험프리 및 다른 사람들의 시중을 받으며 등장

헨리 왕　자, 경들, 하나님께서 정말 성공적으로 끝내 주신다면

　　　짐의 문간에서 피를 흘리는 이 갈등을 끝내 주신다면 말이
오,

　　　짐은 청년들을 더 드높은 전장으로 데려갈까 하오.

　　　그리고 하나님께서 축성하신 칼만 뽑을 것이오.

　　　짐의 해군이 준비를 마쳤고, 병력이 모아졌고,

　　　부재 중 국정 대리인도 모두 정해졌소,

　　　그리고 모든 것이 우리의 바람과 일치하오,

　　　다만 짐의 건강이 조금 회복되었으면 싶고

　　　현재 준동 중인 역도들이

　　　정부의 멍에를 받아들일 때까지 기다리는 것일 뿐.

워릭　두 가지 다 저희는 믿어 의심치 않습니다, 폐하께서

　　　곧 누리실 것을.

헨리 왕　험프리, 글로스터의 내 아들,

　　　네 형 왕세자는 어디 있느냐?

글로스터　사냥을 간 것 같습니다, 폐하, 윈저로.

헨리 왕 동행은 누구고?

글로스터 모르겠습니다, 폐하.

헨리 왕 네 동생 클래런스의 토머스가 같이 가지 않았느냐?

글로스터 아닙니다, 폐하, 그는 여기 와 있는걸요.

클래런스 뭘 원하십니까, 아버님 폐하?

헨리 왕 다름 아닌 너의 안녕이로다, 클래런스의 토머스.
어쩐 일로 네 형 왕세자와 함께 있지 않는 것이냐?
그는 너를 사랑하는데, 너는 그를 소홀히 하는구나, 토머스.
그의 애정에 네 자리를 두는 것이 더 나으니라
네 형들 모두보다. 그걸 소중히 간직해야지, 내 아들,
그러면 너는 고결한 의무를 다할 수 있어
중재라는, 내가 죽은 후,
왕세자 저하와 네 다른 형제들 사이 그것 말이다.
그러므로 그를 소홀히 하지 마라, 무뎌지게 하지 마 그의 사랑을,
그의 인자함이라는 훌륭한 이점을 잃어도 안 되지
그의 뜻에 냉담하거나 관심없는 태도로써 말이다.
그는 인자하거든, 사람들이 존중을 해 줄 경우,
그는 연민의 눈물이 있다, 손은
열려 있지 대낮처럼 동정의 자선에.
하지만 그럼에도 불구하고, 화가 나면, 그는 냉혹 무정하다,
변덕스럽기 겨울 같고, 난데없기는
새벽에 얼어붙은 눈비 돌풍 같지.
그의 기분을 그러므로 잘 살펴야 한다.
그의 잘못을 꾸짖어, 정중하게,

단, 혈색이 유쾌해 보일 때,
　　하지만 언짢아 보일 때는, 그냥 내버려 두는 게 좋아,
　　그의 감정이, 뭍에 올라온 고래처럼,
　　제풀에 누그러들 때까지. 이 말을 명심하면, 토머스,
　　너는 드러나리라 네 친구들에게 피난처로,
　　네 형제들을 묶어 주는 황금의 반지로,
　　그리하여 그들의 피가 담긴 그릇이,
　　악의적인 험담이 뒤섞일망정─
　　시속이 어쩔 수 없이 그런 걸 퍼부을 것이다마는─
　　결코 새는 일 없으리로다. 설령 그 효력의 강력함이
　　투구꽃 독이나 조급한 화약 같더라도 말이다.

클래런스　조심과 사랑을 다하여 그를 모시겠나이다.

헨리 왕　왜 윈저로 그를 따라가지 않았더냐, 토머스?

클래런스　오늘 그는 거기 가지 않았습니다. 런던에서 저녁을 드십
　　니다.

헨리 왕　누가 같이 있고? 알고 있느냐?

클래런스　포인즈 등 늘 그를 따라다니는 자들이지요.

헨리 왕　비옥한 땅일수록 잡초 자라기 십상이라더니,
　　내 젊은 시절의 고결한 복사판인 그는,
　　잡초로 뒤덮였구나, 하여 내 슬픔은
　　펼쳐지는도다. 죽음의 시간 너머까지.
　　내 심장의 피를 울리는도다. 내가 상상하는
　　그 통치자 없는 시절,
　　그대들이 지켜볼 그 썩은 시대가
　　나는 조상들과 함께 잠들어 있을 그때,

왜냐면 그의 방자한 난봉이 제멋대로 설친다면

정욕과 뜨거운 피가 그의 자문역이라면,

기회와 무절제한 행동거지가 함께 만난다면,

오, 그의 욕망은 얼마나 거침없이 날아갈 것인가

그가 마주한 위험과 파멸을 향해?

워릭 자애로우신 폐하, 폐하께서는 그분을 과히 걱정하시옵니다.

왕세자께서는 단지 그분의 동료들을 연구하실 뿐이옵니다,

외국어처럼 말이지요, 그러려면, 언어를 배우려면,

필요한 것 아니옵니까, 아주 부적절한 단어라도

살피고 배우는 것이, 그걸 일단 배우고 나면,

폐하께서 아시다시피, 더 이상 쓸데가 없지요

그냥 알고 싫어할 뿐. 그렇게, 점잖지 않은 어휘들처럼,

왕세자께서는 아주 적당한 시기

내팽개치실 겁니다 그 추종자들을, 그리고 그들의 기억은

살아 있는 표본 혹은 잣대로 되는 겁니다,

그것으로 왕세자께서 다른 이들의 삶을 평가하시는,

전화위복이 따로 없을 겁니다.

헨리 왕 드문 일이오. 썩은 짐승 고기에다 집을 지은

벌이 그 벌집을 떠나는 것은.

〔웨스트모얼랜드 백작 등장〕

누가 왔는가? 웨스트모얼랜드?

웨스트모얼랜드 주군께 건강과, 새로운 행복을 빕니다

제가 전해 드릴 것에 덧붙여서요!

폐하의 아드님 존 왕자께서 폐하의 손에 입맞춤을 보내십니다.

모브레이, 스크로우프 대주교, 헤이스팅스, 그리고 전원이
국왕 폐하 법의 심판을 받았습니다.
현재 칼을 빼든 역도는 단 한 명도 없사옵고,
평화가 방방곡곡 올리브를 피우나이다.
전투 작전 경과를 바치오니
폐하께서 한가하실 때에 살펴보아 주소서,
단계마다 세세히 기록했나이다.

> 그가 왕에게 서류를 건넨다.

헨리 왕 오 웨스트모얼랜드, 그대는 여름새로다
늘 겨울 뒤쪽에서
올라오는 새벽을 노래하는.
> 〔하코트 등장〕
저기, 또 소식이 온다.
하코트 하늘이 폐하를 적들로부터 지켜 주시기를,
그리고 그들이 폐하께 맞선다면, 무너트려 주시기를
제가 폐하께 보고코자 온 그들처럼 말입니다!
노섬벌랜드 백작과 바돌프 경이,
대규모 잉글랜드 및 스코틀랜드 병사들을 거느렸으나,
요크셔 주 장관이 궤멸시켰사옵니다.
전투 정황과 사실 그대로의 단계가
이 서류 뭉치에, 상세히 담겨 있습니다만.

> 그가 왕에게 서류를 건네준다.

헨리 왕 그런데 왜 이 좋은 소식이 나를 메스껍게 한단 말인가?

행운은 결코 양손 가득 채워 오는 일 없고,

반드시 좋은 말을 아주 나쁜 문자로 쓴다는 것인가?

운명의 여신은 식욕은 주되 음식을 주지 않거나—

건강하고 가난한 이들이 그렇지—아니면 잔칫상을 베풀고

식욕은 빼앗아 간다—부자들이 그렇다.

풍족하지만 그것을 누리지 못하는.

내 이 기쁜 소식에 기뻐해야 마땅하건만,

이제 눈이 안 보이는구나, 머리가 어지럽고.

오 통탄! 가까이 오라, 너무 아프구나.

그가 기절한다.

글로스터 숨을 쉬소서, 폐하!
클래런스 오, 나의 아버님 폐하!
웨스트모얼랜드 나의 주군, 기운을 내세요, 어서요.
워릭 진정하십시오, 왕자님들, 이 발작은
　　　폐하께 새삼스런 일이 아니잖습니까.
　　　물러나서서, 공간을 터 주세요. 폐하께서는 곧 괜찮으실 겝
　　니다.
클래런스 아니, 아니오. 폐하는 이 고통을 오래 버티시지 못하오.
　　　마음의 끊임없는 노심초사가
　　　깎아 냈소, 생명을 가두어야 할 벽을
　　　너무도 얇게, 생명이 그 틈새로 보고 뛰쳐나올 정도로 얇게.
글로스터 난 민심이 두렵소, 그들이 정말 보았다 하오,
　　　애비 없이 초자연적으로 태어나거나 있더라도 기형인 자식
　　들을.

계절 흐름이 변하였소, 마치 해가
몇 달은 자게 두고 건너뛴 것처럼.

클래런스 템즈 강이 세 번 밀려왔는데, 그 사이 썰물이 없었지요,
그리고 노인들, 시간의 노망든 사람들 말이,
옛날에도 그러다 얼마 안 되어
우리의 위대한 에드워드 조부께서 병이 들고 돌아가셨다 하오.

워릭 목소리를 낮추세요, 왕자님, 국왕께서 정신이 들고 계십시다.

글로스터 이번 졸중이 분명 마지막일 겝니다.

헨리 왕 부디 내 침대를 들어 옮겨 다오
다른 방으로, 살살, 부디.

〔침대에 누운 왕이 무대를 건너 옮겨진다〕

아무 소리도 내지 마시오, 나의 상냥한 친구들.
평온하고 순조로운 손이 있어
속삭이는 음악을 내 지친 영혼에 들려준다면 모를까.

워릭 다른 방에서 음악을 연주케 하시오.

한두 명 퇴장, 안에서 부드러운 음악

헨리 왕 왕관을 여기 내 베개 위에 놓아 다오.

클래런스가 왕관을 왕의 머리에서 벗겨 베개 위에 놓는다.

클래런스 폐하 눈에 초점이 없고, 안색이 많이 달라지셨소.

안에서 소리

워릭 소리를 줄이시오, 소리를!

　　　해리 왕세자 등장

해리 왕세자 누구 클래런스 공작 못 보시었소?

클래런스 저 여기 있습니다. 형님. 슬픔에 가득 차.

해리 왕세자 무슨 일이냐, 실내에 비가 오나? 밖은 쨍쨍한데?

　　　부왕께서는 어떠시냐?

클래런스 매우 위독하십니다.

해리 왕세자 희소식을 아직 안 들으셨나? 말씀드리거라.

글로스터 소식 들으시고 훨씬 더 나빠지셨습니다.

해리 왕세자 기쁨으로 아프신 거라면, 약 없이도 나으실 게다.

워릭 큰 소리 내지 마세요, 대신님들! 상냥하신 왕자님, 목소리를

　　낮추십시오.

　　　왕자님 부왕께서 잠을 청하고 계십니다.

클래런스 우린 다른 방으로 물러가지요.

워릭 저하께서도 저희와 함께 가시지요?

해리 왕세자 아니, 난 여기 앉아 국왕을 돌봐 드리겠소.

　　　〔왕과 해리 왕세자만 남고 모두 퇴장〕

　　왜 왕관이 여기 아버님 베개에 놓여 있을까,

　　잠자리 친구로 그토록 성가신 것도 없건만?

　　오, 잘 닦인 불안거리, 황금으로 만든 근심,

　　잠의 대문을 활짝 열고

　　수많은 불면의 밤을 들이는!―그것을 끼고 잠이 드셨구나,

　　하지만 그리 숙면은 아니지, 깊고 달기로는 반도 안 된다,

　　평범한 가정 잠모자로 이마를 덮고

코를 골며 밤을 보내는 자의. 오, 왕권이여,

네가 네 담지자를 죄는 것이,

찌는 듯한 더위에 차려입은 중무장 같아서,

안전할수록 살이 데이는 것을.—폐하 숨 쉬는 대문 곁에

솜털 같은 게 놓였는데 움직이질 않네.

숨을 쉬신다면, 그 가볍기 짝이 없는 잔털이

필경 움직일 텐데.—자애로우신 나의 폐하, 아버님!—

정말 깊은 잠이로다. 바로 이 잠이

이 황금의 반지와 이혼시켰으렷다

그 많은 잉글랜드 왕들을.—폐하께서 제게 받으실 것은

혈연의 눈물과 무거운 슬픔이니,

그것은, 자연이, 사랑이, 그리고 자식 된 마음이,

의당, 오 사랑하는 나의 아버지, 폐하께 넘치도록 드릴 것입

니다.

폐하께서 제게 주실 것은 이 위엄의 왕관이니,

그것은, 폐하 옥좌와 혈통의 다음 차례로서

제게 내려오는 것이고요.

　　　〔그가 왕관을 자기 머리에 쓴다〕

보라, 내가 쓴 왕관을,

하나님이 지켜 주시리로다. 그리고 세상의 세력 전체를

거대한 팔 하나로 모으더라도, 그 팔이 강제로 뺐지 못하리

라

이 세습된 명예를 나로부터. 이것을 폐하께 받아

제게 맡깁니다. 제게 남겨진 것이니. 〔퇴장〕

음악이 그친다. 왕이 깨어난다.

헨리 왕 워릭, 글로스터, 클래런스!

워릭 백작, 그리고 글로스터 및 클래런스 공작 등장

클래런스 왕께서 부르시는 거요?

워릭 찾으시오니까? 괜찮으십니까 폐하?

헨리 왕 왜 날 이곳에 홀로 두었소, 경들?

클래런스 형님 왕세자 저하를 남겨 두었지요, 폐하,
　　　저하께서 곁에 앉아 돌보시겠다고 해서요.

헨리 왕 웨일즈 공이? 어디 있나? 데려오라.

워릭 이 문이 열려 있네요, 이리로 나가셨어요.

글로스터 우리가 머물던 방으로는 안 지나가셨지요.

헨리 왕 왕관은 어디 있는가? 누가 내 베개에서 그것을 가져갔을
　　까?

워릭 우리가 물러날 때, 주군, 여기 두었는데요.

헨리 왕 왕세자가 가져갔구나. 가서 그를 찾아오라.
　　　뭐가 그리 급하여 그가 단정지었단 말이냐
　　　나의 잠을 나의 죽음으로?
　　　그를 찾으시오. 나의 워릭 경, 꾸짖어 이리 데려오시오.
　　　〔워릭 퇴장〕
　　　그 아이의 이 행동이 내 병과 힘을 합쳐
　　　나를 끝내려 하는도다. 보아라, 아들들아, 너희들의 생긴 꼴
을,
　　　얼마나 재빨리 본성은 타락하여 모반을 일삼는가

황금이 그 목표로 될 때는!
이 꼴을 보자고 멍청하게 걱정 과한 애비들이
훼손했도다 그들의 잠을 생각으로, 머리를 근심으로,
뼈를 근면으로. 이 꼴을 보자고 그들은
모으고 쌓아 두었구나. 무리하게 빼앗은 이방의
황토병 황금더미를. 이 꼴을 보자고 애비들은
정성스레 닦아 주는구나 아들의 문예와
격투술을. 우리는, 벌처럼,
온갖 꽃에서 순결의 단물을 따 모으고,
넓적다리에 밀랍을, 입에는 꿀을 꾸려,
벌집으로 날라오건만, 그리고, 벌처럼,
살해당하는 거지, 그 수고의 보답으로. 이 쓴맛은
애비의 축적이 애비의 죽음에 보여 주는 것이라.

　　　〔워릭 등장〕

그래 어디 있더냐 그 아이, 자기 친구인 질병이
나를 끝장내는 그 시간까지도 기다릴 맘이 없는 그 아이는?

워릭　폐하, 왕세자는 옆방에 계셨습니다.
효심 어린 눈물로 그 고결한 뺨을 씻으시는 안색이
어찌나 깊고 큰 슬픔에 빠져 있는지,
학정조차, 학정은 피를 마실 뿐이겠으나,
그를 보았다면, 씻었을 겁니다 자신의 칼을
마음씨 착한 눈물로. 저기 오시는군요.

헨리 왕　그런데 왜 그 아이가 왕관을 가져갔을꼬?

　　　〔해리 왕세자가 왕관을 들고 등장〕

저기 오는구나. ─내게로 오라, 해리.

〔다른 사람들에게〕 물러들나시게, 우리 둘만 있게 해 주게.

　　헨리 왕과 왕세자 해리만 남고 모두 퇴장

해리 왕세자　다시 폐하 목소리를 들으리라 생각 못했습니다.
헨리 왕　너의 바람이 아버지로다, 해리, 그 생각을 낳은.
　　내가 너무 오래 네 곁에 머문 것, 내가 네게 지겨운 것이지.
　　그토록 내 빈자리에 굶주렸더냐
　　너에게 나의 권위를 입혀야 했단 말이냐
　　네 시간이 무르익기도 전에? 오 어리석은 젊음이로다,
　　네가 찾는 위대함은 너를 압도할 것이야!
　　조금만 더 기다리면 된다. 부서지기 쉬운 내 위대함을
　　추락에서 막는 숨결은 너무도 힘이 없어
　　곧 떨어질 것이야. 나의 날은 희박하다.
　　네가 훔쳐 간 것은 몇 시간만 지나면
　　무리 없이 네 것이 될 거였다. 그런데 죽음에 이른 내게
　　너는 내 예상을 확인시켜 주는구나.
　　네 생애는 정말 보여 주지, 네가 날 사랑하지 않는다는 걸,
　　너는 내가 그 점을 확신하며 죽게 만들 셈이고.
　　너는 숨기고 있다 천 개의 비수를 네 생각 속에,
　　그것을 네 무정한 가슴에 갈아 두었다가
　　찌르는 거야, 내 생의 마지막 30분을.
　　정말, 나에게 반 시간도 허락치 못하겠다는 것이냐?
　　그렇다면 가서 내 무덤을 네가 직접 파거라,
　　그리고 울리게 하라 즐거운 종소리 네 귀에,
　　네 대관식 종소리 말이다. 내 죽음의 조종 아니라.

내 관을 이슬 적셔야 할 그 모든 눈물이

네 머리에 기름 부을 성유로 되게 하라.

내 몸은 다만 잊혀진 먼지와 섞으라.

네게 생명을 준 그것을 구더기에게 주거라.

내 신하들을 끌어내리고, 내 훈령을 파기하라,

왜냐면 이제 볼품을 조롱할 시간―

헨리 5세가 등극했으니. 오르라, 허영이여!

몰락하라, 국왕의 의전이여! 그대 현명한 자문역들, 모두

꺼지라!

그리고 잉글랜드 궁전으로 모이라 이제

방방곡곡에서, 게으른 멍청이들아!

이제, 변경 지역들, 걷어 내라 더껑이를!

이제 한 악당이 있어 욕질하고, 술 마시고, 춤추고,

밤새 흥청망청하고, 도둑질하고, 살인하고, 저지를 것이냐

가장 오래된 죄악을 가장 새로운 방식으로?

기뻐하라, 그는 더 이상 너희를 성가시게 안 할 것이다.

잉글랜드는 그의 세 겹 죄를 두 겹 페인트칠 할 터,

잉글랜드는 그에게 직위와, 명예와, 힘을 줄 터,

왜냐면 다섯 번째 해리가 방종 억제 부리망을

절제의 부리에서 풀어 주니, 맹견이

죄 없는 자들 각각의 살점을 모두 물어뜯어 맛볼 터.

오 나의 불쌍한 왕국, 골육상쟁의 병에 걸리다니!

나의 보살핌이 너의 분쟁을 통제할 수 없을 때

너는 어쩌겠느냐 너의 골칫거리가 너를 떠맡을 터인데?

오, 너는 다시 황무지 되리로다,

옛날에 살던 늑대들 다시 들끓겠구나.

해리 왕세자 오 용서하소서, 폐하! 눈물만 아니었다면,
철철 흐르는 눈물이 제 말을 방해하지 않았다면,
제가 앞질렀을 것을. 이 지극하고 깊은 꾸중을
폐하께서 슬픔으로 이렇게까지 말씀하시도록 제가 그냥
듣고만 있지 않았을 것을. 여기 폐하의 왕관입니다
　　　〔그가 왕관을 돌려주고 무릎을 꿇는다〕
그리고 그 왕관을 영원불멸히 쓰고 계신 그분께서
오래도록 폐하의 왕관으로 지켜 주시기를! 제가 그 이상을
원한다면
그것이 폐하의 명예이자 명성 이상의 것이기를 바란다면
저의 이 무릎을 다시 펴게 하지 마소서,
가장 진정하고 내적인 복종의 제 영혼이
가르치고 있나이다. 이 부복과 외적인 굽힘을.
하나님을 증인으로 맹세코, 제가 이리 들어와 보니
폐하의 몸 안에 숨이 전혀 돌지 않았습니다,
그 차가움에 제 가슴 얼어붙었지요. 꾸며 고하는 거라면,
저를 그 죄 그대로 뒤집어쓴 채 죽게 하소서.
그리고 결코 살아서 보여 주게 마소서 믿으려 들지 않는 세
상에
제가 가져다주려는 고결한 변화를.
아버님을 뵈러 와, 아버님께서 돌아가셨다 생각했고,
그리고 그 생각에, 폐하, 저 또한 죽을 지경이 되어
이 왕관에게 말을 걸었나이다 마치 그것이 말을 알아듣기라
도 하는 것처럼,

이렇게 꾸짖었지요, '너로 인한 근심 걱정이

갉아먹었구나, 내 아버님의 몸을.

그러니 너 최상의 황금은 최악의 황금이로다.

다른, 순도가 떨어지는 금이 더 소중하지,

마시는 약으로 생명을 보하니까,

하지만 너는, 가장 세련되고, 가장 명예롭고, 가장 유명하면서도,

먹어치우지 않았더냐 네 소유주를.' 이렇게, 저의 아버님 폐하,

그것을 꾸짖으면서, 제가 그것을 제 머리에 씌웠지요,

그것과 싸우기 위해서였습니다. 마치 적과

제 면전에서 나의 아버님을 살해한 적과 싸우듯,

합법적인 상속자의 싸움 말입니다.

하지만 만일 그것이 정말 내 피를 기쁨으로 더럽혔거나

내 생각을 부풀려 자랑의 선율에 이르렀다면,

만에 하나 저의 역심 혹은 헛된 꿍심이

조금이라도 반가운 마음으로

그것의 힘을 맞아 볼까 생각하였다면,

하나님께서 영원히 그것을 제 머리에서 떨어지게 하소서,

그리고 저를 가장 비천한 신하로서

정말 두려움과 공포에 질려 그것에 무릎 꿇게 하소서.

헨리 왕 오 나의 아들,

하나님께서 네게 염을 불어넣어, 그것을 가져가게 하셨구나

그리하여 네가 네 아버지의 사랑을 더 많이 받도록,

그토록 현명한 해명을 하다니!

이리 오너라, 해리, 내 침대 곁에 앉아,

들으라, 내 생각에, 정말 마지막 충고,

내가 네게 해 줄 마지막 충고를.

〔해리 왕세자가 무릎을 펴고 일어나 침대 곁에 앉는다〕

하나님은 아신다, 내 아들아,

어떤 샛길과 우회의 굽은 길을 통해

내가 이 왕관을 맞게 되었는지, 그리고 나 스스로 잘 알고

있다

얼마나 성가시게 그것이 내 머리 위에 놓여 있는지.

네게 그것은 상속되리라 더 평온하게

더 좋은 여론을 업고, 더 튼튼한 승인으로,

왜냐면 업적의 온갖 얼룩은

나와 함께 땅에 묻힌다. 내 안의 그것은

요란굉장한 손으로 나꿔챈 명예에 불과한 모습이었다,

그리고 숱한 이들이 살아 나를 닦달했지

자기들의 도움으로 내가 그것을 얻은 게 아니냐고,

그것이 매일매일 싸움과 유혈로 번져,

해치었다 그나마 평화를. 이 모든 대담한 무서운 행위들을

네가 보았다시피 나는 위태로이 막아 내었지,

나의 치세 전반이 연극 장면에 불과했지 않느냐,

그 주제를 연기하는. 그리고 이제 나의 죽음이

바꾸니라 그 분위기를, 내가 행동으로 취한 그것이

네게는 보다 더 정당한 것으로 내려가므로,

너는 그 화환을 상속받는 것이다.

하지만 비록 내 능력보다 더 확실하게 서 있다고 하나,

네 토대가 충분히 튼튼하지는 않다. 불만이 생생하거든.

그리고 네 모든 친구들―네가 네 친구로 만들어야 할 이
들―은

독침과 이빨을 드러낸 게 불과 최근이야.

잔학한 조처로 나를 처음 자리에 올렸고,

그 세력이 나를 다시 쫓아낼지도 모른다는

두려움을 내게 심을 정도였던, 그것을 막기 위해

내가 잘라 냈던, 그리고 이제 바야흐로

내가 숱하게 이끌고 성지로 가려 했던 그들,

그냥 쉽게 놔두면 행여 내 사정을

너무 샅샅이 캐고 들까 봐서 말이다. 그러니, 나의 해리,

너는 앞으로 들썩이는 마음들을 바쁘게 만들도록 하라,

외국과의 분쟁으로. 그러면 부담해야 할 군사 작전이

지워 버릴 것이다. 예전의 기억들을.

더 말하고 싶지만, 폐가 너무 망가져

말할 힘을 전혀 주지 않는구나.

제가 왕관을 얻게 된 과정을, 오 하나님 용서하시고,

허하소서 그것이 당신과 함께 진정한 평화 누리기를!

해리 왕세자 자애로우신 나의 폐하,

폐하께서 그것을 쟁취하셨고, 쓰셨고, 지키셨고, 내게 주셨
으니,

명백하고 정당할 터, 나의 소유는,

제가 그것을 배전의 노력으로

온 세상에 맞서 정당하게 세울 것입니다.

랭커스터의 존 왕자 등장, 그 뒤를 따라 워릭 백작과 다른 이들 등장

헨리 왕 보라, 저기, 나의 랭커스터의 존이 오는구나.

존 왕자 건강과, 평화, 그리고 행복을 제 부왕께 내려 주소서!

헨리 왕 네가 바로 나의 행복이자 평화로다. 내 아들 존,
　　　　하지만 행복은, 아아, 젊음의 날개를 달고 날아갔도다
　　　　이 헐벗고 시든 몸통으로부터. 너를 보는 것으로
　　　　나의 세속사는 방점을 찍는도다.
　　　　나의 워릭 경은 어디 있는가?

해리 왕세자 나의 워릭 경!

　　　　　워릭이 왕한테로 나선다.

헨리 왕 특별한 이름이 있는가,
　　　　내가 처음 졸도했던 그 방에?

워릭 예루살렘 실이옵니다. 고결하신 나의 폐하.

헨리 왕 하나님 찬미받으소서! 바로 거기서 나의 생이 끝나리로다.
　　　　오래전부터 예언이 있었지
　　　　나는 반드시 예루살렘에서 죽게 되리라는,
　　　　그것을 나는 헛되게도 성지로 알았구나,
　　　　이제 나를 그 방으로 데려다 다오, 그곳에 눕겠다,
　　　　그 예루살렘에서 해리가 죽을 터.

　　　　　침대에 누운 왕을 옮기며 모두 퇴장

제5막

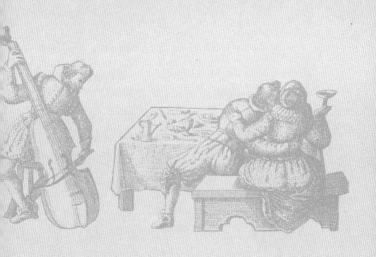

행복하도다, 내게 너무나 용감한 신하가 하나 있어
내 자신의 아들한테 과감히 법을 적용하는구나,
그리고 못지않게 행복하다 내게 아들이 하나 있어
자신의 위대함을 그렇게 내맡기기도다,
정의의 두 손에.

5막 1장

글로스터셔, 샐로우네 집

✠

샐로우, 사일런스, 존 폴스타프 경, 바돌프, 그리고 시동 등장

샐로우 〔폴스타프에게〕 이러시면 안 되죠, 오늘 밤은 경이 제 집에 머무셔야지.—이봐라, 데이비, 뭐하니!

폴스타프 봐주시구려, 로버트 샐로우 선생.

샐로우 안 봐드릴 겁니다, 봐드리면 안 되죠, 봐드리다니요, 봐드려서 될 문제가 아닙니다, 봐드리면 안 되죠.—아니 근데, 데이비!

데이비 등장

데이비 예, 주인 나리.

샐로우 데이비, 데이비, 데이비, 어디 보자, 데이비, 가만. 요리사 윌리엄—그를 이리 불러.—존 경, 봐드릴 수가 없어요.

데이비 그게요, 나리, 그렇습니다. 그 정도로는 체포가 안 된다는 거죠. 게다가, 나리. 밭 사이 두둑에 밀을 뿌리라는 겁니까?

샐로우 붉은 밀을 뿌려야지, 데이비. 근데 요리사 윌리엄은, 새끼 비둘기가 없나?

데이비 있습니다, 나리. 이건 구두 및 쟁기 날 수선비 청구서구요.

샐로우 계산해 주게. 존 경, 봐드릴 수가 없다니까요.

데이비 나리, 양동이 체인이 낡았는데요. 그리고, 나리, 윌리엄의
    급료를 제하시려는 겁니까, 그가 힝클리 시장에서 잃어버린
    자루 값으로?
샐로우 책임을 져야겠지. 비둘기 몇 마리, 데이비, 다리 짧은 암탉
    두어 마리, 양고기 구운 거 하고, 혹시 가능하면 일품 요리도
    약간, 요리사 윌리엄에게 말하게.
데이비 전사분께서 밤새 머무십니까, 나리?
샐로우 그렇다네, 데이비. 그를 잘 써먹어야지. 궁정에 있는 친구
    가 주머니에 있는 푼돈보다 더 낫지. 그분 부하들 잘 다루게,
    데이비. 순전 악당들이거든. 뒤에서 욕할 게야.
데이비 이한테 등 물리는 것보다야 낫지요, 나리, 걸쳐 입은 아마
    포가 엄청 더럽던데요.
샐로우 재담이 되는군, 데이비. 자네 일을 하게, 데이비.
데이비 간청이오니, 나리, 숲 동네 얼굴가리개 윌리엄이 언덕 동
    네 클레멘트 의기양양과의 송사에서 유리하게 해 주십시오.
샐로우 고발 건이 숱하네, 데이비, 그 얼굴가리개라는 자를 겨냥
    하여. 얼굴가리개 그자는 순전한 악당이야, 내가 알기로는.
데이비 그가 악당인 거 솔직히 인정합니다, 나리. 하지만 하나님
    맙소사지요, 나리, 악당이라고 자기 친구 요청으로 재판에서
    덕을 볼 수 없다면요. 정직한 자라면, 나리, 제 스스로 변호할
    수 있지만, 악당은 그럴 수 없잖습니까. 제가 나리를 충심으
    로 모신 것이, 나리, 이제까지 8년이잖아요. 제가 일 사분기
    에 한두 번 정직한 자에 맞서 악당을 옹호해 주지 못한다면,
    나리께 신용을 잃었다는 얘기가 되지요. 그 악당은 제 진실한
    친구입니다, 나리 그러니 간청컨대 그를 잘 좀 봐주세요.

샐로우 알았다 억울하지 않게는 해 주지. 시킨 일 서두르게, 데이비.

〔데이비 퇴장〕

어디 계십니까, 존 경? 어서요, 장화 벗으시고.―손을 이리 주시고, 바돌프 선생은.

바돌프 나리를 뵙게 되어 반갑습니다.

샐로우 진심을 다하여 감사드립니다. 친절한 바돌프 선생.

〔시동에게〕 너도 잘 왔다, 용감한 내 친구.―가시죠, 존 경.

폴스타프 뒤따라가지요, 훌륭하신 로버트 샐로우 선생.

〔샐로우, 사일런스와 함께 퇴장〕

바돌프는, 말들 좀 돌봐 주게.

〔바돌프, 시동과 함께 퇴장〕

날 톱으로 썰어 내면, 샐로우 선생 같은 수염난 비실도사 지팡이는 마흔 개도 더 나오겠네. 놀라운 일이야, 그의 부하들과 그의 기질이 어찌 그리 똑 닮았는지. 부하놈들은, 그를 살피다 보니, 정말 멍청한 재판관처럼 굴고, 그는, 그들과 어울리다 보니, 재판관 같은 하인 꼴이군. 그들의 기질이 워낙 천생연분인데다, 함께 지내니까, 이구동성으로 몰려다니는 게 꼭 숱한 야생 거위 떼 같다 이 말이야. 샐로우 선생한테 탄원할 게 있으면, 난 그의 부하들을 어르면 되겠네, 주인과 가깝지 않냐고, 부하한테 부탁하려면, 샐로우 선생한테 하인을 그렇게 잘 다스리는 사람은 둘도 없다고 아첨을 처바르면 되겠고. 현명한 태도든 무식한 행동거지든 병에 걸리듯 되는 거야, 한 사람이 다른 사람한테서 옮는단 말이지, 그러니 사람은 살펴보고 사귈 일. 이 샐로우란 작자를 우릴 대로 우려서 해리 왕세자를 계속 웃겨 줘야겠군, 유행이 여섯 번 바뀔 동안—계절 법정 네 번, 혹은 소송 두 번이면 그렇게 되지—그를 휴정 기간에도 웃게 만들 테다. 오, 엄청나지, 선서를 약간 가미한 거짓말이, 그리고 심각한 이마를 한 장난이, 어깨 한 번 안 쑤셔 본 놈한테서 해먹을 수 있는 게! 오, 우리는 그가 웃는 걸 보게 될 터, 그의 얼굴이 그냥 내팽개쳐 둔 젖은 외투처럼 될 때까지.

샐로우 〔안에서〕 존 경!

폴스타프 갑니다, 샐로우 선생, 간다구요, 샐로우 선생.

　　　　퇴장

5막 2장

웨스트민스터 궁

워릭 백작이 한쪽 문에서, 그리고 수석 재판관이 다른 쪽 문에서
등장

워릭 안녕하시오, 우리 수석 재판관 나리, 어딜 가시오?

수석 재판관 국왕께서는 어떠시오?

워릭 아주 좋으십니다. 그분의 근심이 이제 모두 끝났으니.

수석 재판관 설마 돌아가신 건.

워릭 자연의 길을 걸어가신 거죠,

　　　우리한테는 더 이상 살아 계시지 않은 것이고요.

수석 재판관 폐하께서 저도 데려가셨더라면 좋았을 것을.

　　　그분 살아생전에 바쳤던 진심의 충성 때문에

　　　나는 만신창이가 되게 생겼소.

워릭 정말 젊은 국왕께서는 공을 싫어하는 것 같습디다.

수석 재판관 제가 알지요 그분께서 날 싫어하는 걸, 그래서 단단히
마음먹고

　　　시대 상황을 감내할 참입니다,

　　　그것이 제가 상상한 것

　　　이상으로 무섭게 저를 노려보지는 않을 테니까요.

워릭 저기 오십니다 돌아가신 해리의 슬픈 아드님들이.

　　　오, 살아 계신 해리의 성정이

　　　저 세 신사분들 중 최악이라도 되었다면!

　　　그렇다면 숱한 귀족들이 자리를 지킬 것인데,

　　　몸을 맡겨야 하지 않는가, 비열한 정신에!

수석 재판관 오 하나님, 세상이 뒤집힐까 두렵습니다.

존 왕자 좋은 아침이오, 워릭 친척, 밤새 안녕하시오.

글로스터와 클래런스 안녕하십니까, 친척.

존 왕자 이리 만나니 말하는 법을 잊은 사람들 같소.

워릭 잊을 리가요, 다만 말할 바가

　　　너무 무거워 많은 말을 할 수 없는 것이지요.

존 왕자 그래요, 우리를 무겁게 만든 분께 평화가 함께하기를!

수석 재판관 평화가 우리와 함께하기를, 우리가 더 무거워지지 않

　　　도록!

글로스터 오 훌륭하신 나의 경, 경께서는 정말 친구를 잃으셨습니다,

　　　감히 단언컨대 경은 빌려 온 것이 아닐 겁니다. 그 얼굴,

　　　슬퍼 보이는 그것을─그건 분명 경 자신의 얼굴일 테죠.

존 왕자 〔수석 재판관에게〕 어느 누구도 총애를 확신할 수 없으나,

　　　경의 처지가 가장 딱해 보이는군요.

　　　나는 그게 유감이오 그리 안 됐으면 좋았을 것을.

클래런스 〔수석 재판관에게〕 이제, 경께서는 존 폴스타프 경에 대해

　　　좋게 말씀하셔야겠어요,

　　　경의 성정에 역겨운 사람이겠으나.

수석 재판관 상냥하신 왕자님들, 제가 한 일은 명예로 한 것입니다.
　　　　내 영혼은 불편부당한 행동에 이끌려서요.
　　　　그리고 왕자님들은 결코 볼 수 없을 겁니다, 제가
　　　　비천한 사전 약속의 감형을 구걸하는 모습을.
　　　　진실과 올곧은 결백이 절 구원하지 못한다면
　　　　저는 제 주인이신 국왕, 돌아가신 그분을 따라가서
　　　　고할 것입니다 누가 나를 뒤따라 보냈는가를.

　　　　해리 왕세자, 왕의 신분으로 등장

워릭 군주께서 저기 납십니다.
수석 재판관 밤새 평안하십니까, 폐하 만수무강하시고요!
해리 왕세자 이 새롭고 멋진 의상, 왕권은
　　　　여러분들이 생각하는 만큼 편하지가 않소.
　　　　동생들, 너희는 너희 슬픔에 어딘가 두려움을 섞는구나.
　　　　여기는 잉글랜드 궁전이지 터키 궁전이 아닌 것을,
　　　　아무라트가 아무라트를 물려받지 않고
　　　　해리가 해리를 물려받았느니. 하지만 슬퍼하라, 착한 동생들,
　　　　왜냐면, 맹세코, 그것이 너희한테 아주 잘 어울리는구나.
　　　　슬픔의 모습이 너희로 하여 그리도 장엄하니
　　　　내 엄숙히 그 복장을 취하여
　　　　내 가슴 속에 입으리라. 아무렴, 슬퍼해야지,
　　　　하지만 그것을 품지 말거라, 착한 동생들,
　　　　우리 모두에게 지워진 공동의 짐 이상으로는.
　　　　나는, 하늘에 맹세코, 청하노니 믿어 다오
　　　　내가 너희의 아버지 노릇도 할 것이다 형은 물론.

너희의 사랑을 갖게만 해 준다면, 난 너희를 보살피리라.

울어야겠지 해리가 죽었으니, 나도 그렇게 할 것이다.

그러나 살아 있는 해리가 전환하리라 이 눈물들을

하나하나 행복의 시간으로.

존, 글로스터, 그리고 클래런스 왕자 폐하께 더 바랄 나위가 없나이다.

해리 왕세자 여러분들 모두 날 이상하게 쳐다보는구려, 〔수석 재판
　　관에게〕 경이 특히.

경께서는, 내 생각에, 내가 경을 싫어한다고 확신하나 보오.

수석 재판관 제가 확신하는 것은, 제가 옳게 평가된다면,

폐하께서 저를 미워하실 정당한 이유가 없다는 것입니다.

해리 왕세자 없다? 나처럼 장래가 위대한 왕자가 어떻게 잊을 수
　　있겠소

내가 받은 그 엄청난 수모를?

뭐라─나무라고, 꾸짖고, 거칠게 감옥으로 보내

잉글랜드의 상속 서열 1위를? 이게 간단한 일인가?

이것이 레테 강에서 씻고 잊어버릴 일인가?

수석 재판관 그때 저는 참으로 폐하 아버님을 대리했던 것입니다.

그분 권력의 심상이 그때 제 안에 있었던 거지요,

그리고 그분의 법을 집행하느라,

제가 국가 공무로 분주하던 동안,

왕세자께서는 즐겨 잊으셨지요, 제 지위를,

법과 정의의 위엄과 권력을,

제가 제시한 국왕의 심상을,

게다가 때리셨습니다 저를 바로 제 판결석에서,

그래서, 아버님께 죄를 지었으므로,

제가 제 권한을 과감히 발동,

폐하를 옥에 가두었던 것입니다. 그 조처가 잘못이라면,

왕세자께서는 그냥 놔두시겠습니까, 이제 왕관을 쓰셨으니,

장차 아들이 폐하의 칙령을 아예 무시하더라도―

폐하의 외경스런 법정의 정의를 무너트리더라도,

법 집행에 딴지를 걸고, 폐하 인신의 평화와 안전을

지키는 칼을 무디게 하더라도,

아니, 그게 다가 아니죠, 폐하의 가장 위풍당당한 심상을 일축하고

제2의 육체 속 폐하의 효력을 조롱하더라도?

폐하의 국왕다운 생각에 물어보십시오, 폐하라면 어떠실지.

이제 아버지가 되어, 아들을 상상해 보세요,

폐하 자신의 권위를 그토록 모독하는 소리를 들으시고,

아주 서슬 푸른 폐하의 법령이 그토록 나태하게 무시당하는 걸 보소서,

폐하 자신이 아들에게 그리 능멸당한단 말입니다,

그런 저를 상상하소서, 폐하의 역할을 맡고,

폐하의 권력으로 부드럽게 폐하 아들을 입 다물게 하는,

이런 냉철한 심사숙고 후, 제게 선고를 내려주십시오,

그리고, 왕이시니, 왕의 역할로 말씀해 주십시오,

제가 한 일 중 어울리지 않는 것이 무엇인지, 제 직위에,

제 인격에, 혹은 제 주군의 왕권에 말입니다.

해리 왕세자 경은 완벽한 재판관이시고, 잘하신 처사요.

그러니 계속 맡아 주시오 저울과 칼을,

나는 진정 바라오 경의 명예가 갈수록 커지고

오래도록 살아 내 아들이 나처럼 경을 무시하고
나처럼 경에게 복종하는 것을 보게 되기를.
그렇게 나도 살아서 해야겠지요, 내 아버님 말씀을.
'행복하도다, 내게 너무나 용감한 신하가 하나 있어
내 자신의 아들한테 과감히 법을 적용하는구나,
그리고 못지않게 행복하다 내게 아들이 하나 있어
자신의 위대함을 그렇게 내맡기는도다,
정의의 두 손에.' 경께서는 나를 감옥에 정말 맡기셨지요,
그 보답으로 나는 진정 맡기겠소 경의 손에
때 묻지 않은 칼, 경께서 익히 지니셨던 그것을,
이 점을 상기시키며, 경께서 바로 그것을,
나에게 겨눴던 바로 그 용감하고, 정의롭고,
불편부당한 정신으로 써 달라는 것. 내 손을 잡으시오.
경은 아버지 역할이십니다. 내 젊음에,
내 목소리는 경께서 내 귀에 상기시키는 내용을 말할 것이고,
나는 굽히고 낮추겠소 나의 의도를
경의 노련하고 현명한 지시에 맞게.―
그리고 왕자들 모두, 나를 믿어 다오, 내 너희에게 간청하노니,
아버님은 난폭해지셨다, 무덤에 드시며,
내가 그분 무덤에 나의 성정을 두고 왔노라,
그리고 그분의 정신으로써 슬프게 나는 살아남아
거역하려 한다, 세상의 예상을,
좌절시키려 한다, 예언을, 그리고 휩쓸어 버리려 한다
썩은 여론, 나의 거짓된 모습에 따라
나를 써 내려간 그것을. 내 안의 열정의 조류는

오만하게 허영으로 밀물졌다 이제까지는.

이제 정말 그것이 방향을 바꾸어 썰물진다 바다로,

그리고 거기서 섞일 것이다 바다의 위용과,

그리고 흐를 것이다 이제부터는 국왕의 위풍당당으로.

이제 짐은 소집하노라 의회 최고 회의를,

그리고 마땅한 귀족들을 자문역으로 뽑아

짐의 위대한 국체가

최고 행정의 국가들과 어깨를 겨루도록 하리라,

그리하여 전쟁이든, 평화든, 아니면 동시에 둘 다이든,

우리에게 익숙하고 친근한 사안이 되리라.

〔수석 재판관에게〕 그 일에 경, 아버님은, 선두를 맡으셔야겠
지요.

〔모두에게〕 짐의 대관식이 행해졌으니, 소집할 것이오,

내가 전에 상기시킨 대로, 귀족들 모두를

그리고, 하나님께서 나의 좋은 뜻을 받쳐 주신다면,

어떤 왕자도 어떤 귀족도 정당한 명분을 갖고 말하지 못하
리라,

'하나님 해리의 행복한 생애를 하루라도 줄여 주소서'라고.

모두 퇴장

5막 3장

글로스터셔, 샐로우 집 정원

탁자와 의자가 앞에 놓여 있다. 존 폴스타프 경, 샐로우, 사일런
스, 데이비(탁자에 놓을 그릇들을 들고), 바돌프, 그리고 시동 등
장

샐로우 〔폴스타프에게〕 안 되죠, 제 과수원을 봐 주셔야죠, 그리고
여기, 정자에서, 같이 드십시다. 내가 직접 땀 흘려 거둔 작년
산 사과를, 캐러웨이도 한 접시 하시고, 또—이리 오세요, 사
일런스 친척—그러고 나서 침대에 드시고.
폴스타프 정말, 집이 훌륭하군요 부유하시고.
샐로우 형편없지요, 형편없어요, 형편없습니다. 진짜 거지예요,
진짜 거지죠, 존 경. 그래요, 공기는 좋아요.—상을 차리게,
데이비, 상을 차리라구, 데이비.
        〔데이비가 상을 차리기 시작한다〕
    그래, 그렇지, 데이비.
폴스타프 이 데이비란 사내 썩 다용도로군요. 음식도 차려 주고
집사 노릇도 하고.
샐로우 괜찮은 하인이죠, 괜찮은 하인이에요, 아주 괜찮은 하인
입니다. 존 경.—어유, 저녁 때 마신 색 포도주가 아무래도 과
했네.—훌륭한 하인이에요. 자 앉으세요, 자 앉아요. 〔사일런스

에게〕 자, 친척.

사일런스 아, 이봐, 그가 말했지, 우리는

　　〔노래한다〕 먹고 기분 좋게 떠들기만 할 거야,

　　　　그리고 즐거운 해 보내 주시는 하나님께 감사,

　　　　고기값 싸고 계집 값 비싸니

　　　　힘 좋은 총각들 이리저리 갈팡질팡

　　　　그토록 즐겁게

　　　　늘 둘러싸여 갈팡질팡할 때.

폴스타프 정말 유쾌한 분이시오, 우리 사일런스 선생! 내 곧 건배
　　로 당신 건강을 기원하리라.

샐로우 우리 바돌프 선생!—포도주 따르게, 데이비.

데이비 〔폴스타프에게〕 착하신 나리, 앉으세요. 〔바돌프에게〕 곧 갈게
　　요. 〔폴스타프에게〕 참으로 착하신 나리, 앉으세요. 시동 선생,
　　우리 시동 선생, 앉으시고.

　　　　〔데이비를 빼고 모두 앉는다. 데이비가 포도주를 따른다〕

　　드시지요! 고기가 모자라면, 술로 채우시면 됩니다만. 웬만
　　하면 참으시고요. 마음이 다란 말 있잖습니까.

샐로우 즐기세요, 바돌프 선생 그리고 거기 우리 꼬마 병사님, 즐
　　기시라구.

사일런스 〔노래한다〕 즐기세, 즐기세, 우리 마누라는 왕,

　　　　여자는 성질 드럽지, 키 작은 년도 큰 년도,

　　　　턱수염끼리 온몸을 뒤흔드는 홀 안은 즐겁다,

　　　　참회 주간 직전 즐거운 축제도 반갑지.

　　　즐기세요, 즐기시라구.

폴스타프 사일런스 선생이 이리 화끈한 분일 줄은 생각 못했소.

사일런스 누구, 나요? 전에 한두 번 놀아 본 적은 있습니다만.

> 사과가 담긴 쟁반을 들고 데이비 등장

데이비 1년을 묵힌 일명 가죽코트 사과올시다.

샬로우 데이비!

데이비 네 나리! 잠깐만요. 〔폴스타프에게〕 와인 한 잔 따를까요, 나리?

사일런스 〔노래한다〕 포도주 한 잔
　　　　　상쾌하고 좋지,
　　　　　그러니 당신께 건배, 내 사랑,
　　　　　즐거운 마음은 장수에도 그만.

폴스타프 맞는 말씀이오, 사일런스 선생.

사일런스 그러니 우리 즐기자구요. 이제 바야흐로 밤이 무르익고 있으니.

폴스타프 귀하게 건강과 장수를 기원하오, 사일런스 선생!

> 그가 술을 마신다.

사일런스 잔을 채우고 이리 보내세요. 잔 깊이가 1마일이라도 쭈욱 들이키리다.

샬로우 충직한 바돌프, 잘 오시었소! 원하는 게 있으면 청해요, 안 그러면 내 맘 꿀꿀하지! 〔시동에게〕 잘 왔다, 우리 꼬마 좀도둑, 정말 잘 왔고, 그래!—내가 건배하겠소 바돌프 선생에게, 그리고 런던 언저리의 모든 멋쟁이들에게.

> 그가 술을 마신다.

데이비 죽기 전에 런던을 한 번 가 봤으면.

바돌프 거기서 내가 당신을 볼 수 있다면, 데이비!

샬로우 정말, 둘이서 쿼트 잔으로 마셔 대겠지, 하, 안 그렇소, 바돌프 선생?

바돌프 그럼요, 나리, 2쿼트 잔으로는 못 마실까.

샬로우 참으로, 선생이 고맙소. 저놈은 선생 곁에 착 달라붙을 거라, 내 그건 확실히 보장하지, 그가 나가떨어지는 일은 없을걸, 진짜 술꾼이니까.

바돌프 저도 그 곁에 찰싹 달라붙을 거구요, 나리.

샬로우 이런, 왕의 말씀이 따로 없구려! 부족한 거 없이, 즐깁시다!

　　　　〔누가 안에서 문을 두드린다〕

　　문에 누가 왔나 가 봐라, 호! 누가 두드리나?

　　　　데이비 퇴장
　　　　사일런스가 술을 마신다.

폴스타프 〔사일런스에게〕 아니, 정말 맘에 들게 들이키시네!

사일런스 〔노래한다〕 내 맘에 들게,

　　　　　내 별명은 기사—

　　　　　오줌싸개 경.

　　안 그렇소?

폴스타프 그렇지요.

사일런스 그렇소?—아니 그렇다면, 노털도 뭘 좀 한다는 얘길세.

　　　　　데이비 등장

데이비 죄송합니다마는, 피스톨이란 분이 소식을 갖고 궁에서 오셨다는데요.

폴스타프 궁에서? 들여보내게.

〔피스톨 등장〕

무슨 일인가, 피스톨?

피스톨 존 경, 하나님이 지켜 주시기를.

폴스타프 무슨 바람이 널 이리 불어왔는가, 피스톨?

피스톨 아무한테도 아무 쓸모없이 부는 나쁜 바람은 아니고요.

상냥하신 기사님, 당신께서는 이제 이 영토에서 가장 위대
한 인물 중 하나십니다.

사일런스 물론, 위가 가장 크기는 하지―바치스턴의 자작농 숨헐
떡을 빼면?

피스톨 숨헐떡?

숨헐떡 나발통 같은 소리, 참으로 저열하고 비겁한 겁쟁이
로다!―

존 경, 저는 당신의 피스톨, 당신의 친구이나이다,

그리고 허둥지둥 말을 달려 당신께 왔나이다,

그리고 소식을 제가 가져오나이다, 행운의 기쁨도,

황금의 시절도, 행복하고 값진 소식도.

폴스타프 근데, 제발, 이 세상 말로 해보거라.

피스톨 이 세상 같은 소리 비천한 세속 잡놈 같은 소리!

저는 아프리카와 황금의 기쁨에 대해 말하는 것이나이다.

폴스타프 오 비열한 아시리아 기사여, 소식이 무엇이더뇨?

코페투아 왕께 전말을 사실대로 고하라.

사일런스 〔노래를 부르는 중〕 '그리고 로빈 훗, 스칼렛, 그리고 존.'

피스톨 똥더미 똥개가 뮤즈들과 한번 해보겠다는 것이냐?

좋은 소식들이 망신을 당해야 한단 말?

그렇다면 피스톨은 머리를 조아리리, 복수 여신들의 무릎에.

샐로우 이봐요 신사분, 누구신지는 모르겠소만.

피스톨 오냐 그렇다면, 그 때문에 비통하리로다.

샐로우 죄송합니다, 선생. 만일, 선생, 선생께서 조정 소식을 갖고
오신 거라면, 난 두 가지 길 밖에 없다고 봐요. 소식을 말하든
가, 아니면 숨기든가. 나는, 선생, 왕을 모시는 약간의 권한을
지닌 사람이오.

피스톨 어떤 왕을 모신단 말인가, 거지발싸개 같은 네가? 말하라,
아니면 죽으리라.

샐로우 해리 왕을 모시오.

피스톨 해리 4세, 아니면 5세?

샐로우 4세요.

피스톨 약간의 권한 같은 소리!

존 경, 당신의 귀여운 새끼양이 이제 왕이시오.

해리 5세 바로 그분이십니다. 나는 진실을 말하고 있도다.

피스톨이 거짓을 말한다면, 이것을, (주먹감자를 만들며) 내게
먹여도 좋나니,

허풍떠는 스페인 놈한테 먹이듯.

폴스타프 뭐라, 늙은 왕이 죽었어?

피스톨 문에 박힌 못처럼. 내가 말하는 것은 진실이로다.

폴스타프 가라, 바돌프, 내 말에 안장을 얹어! 로버트 샐로우 선
생, 이 땅에서 하고 싶은 직책을 고르슈, 당신께 드리겠소. 피
스톨, 너는 내가 권위를 두 배로 장전해 주마.

바돌프 오 기쁜 날이로다!

기사 작위로는 내 운을 채우지 못하리.

피스톨 뭐라, 내가 정말 좋은 소식을 가져왔단 말?

폴스타프 〔데이비에게〕 사일런스 선생을 침대로 모셔라.

〔데이비가 사일런스와 함께 퇴장〕

샐로우 선생—우리 샐로우 나리—원하시는 게 뭐든 말씀만 하시우, 나는 행운 여신의 집사라오—장화를 신어요, 우리 밤 새 말을 달려야 하니까.—오 착한 피스톨!—어서 가라, 바돌 프!

〔바돌프 퇴장〕

자, 피스톨, 더 얘기해 봐, 동시에 너 자신한테 좋을 일도 짜 내 보고 말이지. 장화, 장화, 샐로우 선생! 젊은 왕이 날 오매 불망 기다리고 있을 게다. 아무 말이나 잡아타고 가자—잉글 랜드의 법이 내 휘하에 있으니. 내 친구였던 사람들은 행복 시작, 우리 수석 재판관 나리는 불행의 시작이란다.

피스톨 더러운 독수리떼가 그의 허파를 또한 작살내게 할진저!

'내가 최근 살아오던 삶은 어디 있는가' 사람들이 말하네.

어디긴, 여기 있도다. 오라 이즈음의 유쾌한 날들이여.

모두 퇴장

5막 4장
런던의 한 거리

✠

교구 관원들, 미세스 퀴클리와 돌 티어시트를 질질 끌며 등장

미세스 퀴클리 놔, 이 순전한 악당놈! 차라리 하나님께 날 죽게 해
　　달라고 빌 테다. 그래야 네놈 목매달리는 걸 볼 수 있을 테니.
　　네놈 때문에 어깨 관절이 빠졌단 말이다.

첫 번째 교구 관원 순경들이 이 여자를 내게 넘겼어. 매춘을 했으니
　　곤장깨나 맞아야지. 어쩌겠어. 사내 하난가 둘이 이 여자 문
　　제로 죽었다구.

돌 티어시트 야, 이, 열매 따는 막대기 갈고리 같은 관원 놈아, 어
　　디서 거짓말이야! 그래 해보자구, 내 말 잘 들어, 이 빌어먹을
　　군살 낯짝 악당 놈아, 만에 하나 내 속에 든 아기가 유산되면,
　　네놈은 네 에미 구타한 거보다 더 못한 신세가 될걸, 이 종이
　　낯짝 불한당 같으니.

미세스 퀴클리 오 주님, 존 경이 오셨으면! 그분이 오늘 누구 하나
　　피떡을 만들어 버렸을 텐데. 하지만 하나님 부디 그녀 자궁의
　　열매는 잘못되게 해 주소서!

첫 번째 교구 관원 그게 잘못되면, 당신 방석이 다시 열두 개가 되
　　겠지, 지금은 열한 개뿐이잖나. 가자, 너희 둘 다 체포한다.
　　너희와 피스톨이 다구리 놓은 그 사내가 죽었거든.

돌 티어시트 내 말 잘 들어, 향로 뚜껑 돋을새김처럼 얄팍한 작자야, 너 이 짓을 하고도 흠씬 두들겨 맞지 않을 것 같으냐, 푸른 튜닉 차림이면 다냐, 이 더러운, 굶어죽지 않은 게 신기한 골골이 주제에 무슨 교도를 한답시고! 네놈이 흠씬 두들겨 맞지 않으면, 내가 앞으로 치마를 입지 않겠다.

첫 번째 교구 관원 가세, 가요, 모험 찾아다니는 여자 기사님들, 가시자구요.

미세스 퀴클리 오 하나님, 정의가 이렇게 제압당할 수 있다니! 좋다, 고생 끝에 낙이 온다니까.

돌 티어시트 가자, 이 나쁜 놈, 가자구, 재판관한테 날 데려가.

미세스 퀴클리 그래, 가자구, 이 굶어죽은 블러드하운드 같은 놈.

돌 티어시트 산 사람이 아니지, 뼈만 남았으니!

미세스 퀴클리 이, 해골바가지 같은 놈아!

돌 티어시트 가자, 이 얇은 물건아, 가자구, 이놈.

첫 번째 교구 관원 좋고말고.

　　　모두 퇴장

5막 5장
웨스트민스터 성당 근처 공공장소

남자 하인 둘, 골풀 깔개를 바닥에 깔며 등장

첫 번째 하인 깔개가 더 필요해, 더 갖고 와!

두 번째 하인 나팔이 두 번 울렸는데.

첫 번째 하인 두 시가 지나야 사람들이 대관식에서 올걸.

둘 다 퇴장
존 폴스타프 경, 샐로우, 피스톨, 바돌프, 그리고 시동 등장

폴스타프 여기 내 곁에 서시오, 로버트 샐로우 선생. 내 왕더러 선생한테 작위를 내리라 하겠어. 그가 다가오면 내가 추파를 던질 테니, 오로지 그가 내게 보내는 얼굴 표정을 살펴보란 말이지.

피스톨 허파 조심하시구요, 훌륭한 기사님.

폴스타프 이리 오라, 피스톨, 내 뒤에 서라. 〔샐로우에게〕 오, 새 제복 마련할 시간이 있었다면, 선생한테 빌린 돈 천 파운드를 기꺼이 모두 들였을 텐데! 하지만 별 상관없지, 이 초라한 행색이 더 낫다구, 그를 만나려는 나의 열성을 은연 중 드러내는 거니까.

샐로우 정말 그렇습니다.

폴스타프 내 애정의 진정성을 보여 준다―

피스톨 정말 그렇습니다.

폴스타프 나의 헌신을―

피스톨 그럼요. 정말 그래요. 그럼요.

폴스타프 말하자면, 말을 타고 밤낮을 달렸고, 옷을 갈아입을 심 사숙고도, 생각도, 참을성도 없었다―

샐로우 아주 확실합니다.

폴스타프 그냥 서 있을 뿐이다, 여행과 땀에 절은 채 그를 보려는 일념으로, 다른 아무것도 생각 안 하면서, 만사를 잊고, 마치 그를 보는 것이 유일한 할 일이라는 듯.

피스톨 라틴어로 늘 한결같이, 왜냐면 이것 말고는, 아무것도 없 다. 각각의 부분 모두에 전체가 들어 있나니.

샐로우 그렇습니다 정말.

피스톨 나의 기사여, 내가 그대의 고결한 간에 불을 질러
        그대를 격노케 하리로다.
        그대의 돌, 그대 고결한 생각의 헬레네가
        비천하게 갇혀 해로운 옥에 있노라,
        그리로 질질 끌려갔도다.
        아주 천하고 더러운 손에 의해.
        분노케 하라 복수의 여신을 어두운 동굴로부터, 추락한 알 렉토의 뱀들과 함께,
        돌이 갇혀 있도다. 피스톨은 오로지 진실만을 말하노니.

폴스타프 내가 그녀를 구해 주지.

안에서 함성. 나팔 소리.

피스톨 저기 바다가 포효했도다, 그리고 나팔 소리 쨍쨍하게 울
리는도다!

> 헨리 5세 왕, 랭커스터의 존 왕자, 클래런스 및 글로스터 공작, 수
> 석 재판관 및 다른 사람들 등장

폴스타프 나리 만세, 할 왕, 우리 왕 할!
피스톨 하늘이 그대를 지켜 주리라, 너무나 위풍당당한 명성의
자식이로다!
폴스타프 만세, 우리 귀여운 꼬마!
해리 왕 수석 재판관님, 저 멍청한 자를 좀 타일러 주시지요.
수석 재판관 〔폴스타프에게〕 당신 제정신이요? 알고나 지껄이는 거
요 어느 안전인지?
폴스타프 우리 왕, 우리 왕중왕, 너한테 말하는 거지, 아암!
해리 왕 난 당신을 모른다. 늙은이. 기도나 하거라.
정말 꼴불견이구나, 백발의 바보 광대라니!
오랫동안 꿈을 꾸었지, 이런 따위 인간.
이토록 과잉 팽창한, 이토록 늙고, 이토록 불경한 인간 꿈
을,
하지만 잠에서 깨어난 나는, 정말 경멸한다 나의 꿈을.
앞으로는 네 몸을 줄이고, 네 덕을 늘리도록.
과식을 폐하라, 명심하라 무덤이 네게 벌리는
아가리는 정말 다른 사람의 세 배 크기라는 걸.
내게 되도 않는 농담으로 대거리하지 말 것.
내가 예전의 그것이라고 멋대로 간주하지 말 것,
하나님께서 진정 아시고, 세상이 느끼게 될 것인 바,

나는 이전의 나한테 등을 돌렸음이라,

그리할 것이다 나는 나와 어울렸던 자들한테도.

내가 전과 마찬가지더라는 말이 정말 들리거든

네가 내게로 오라, 그러면 너도 예전의 너 되리라.

나의 난폭의 가정교사이자 영양 공급자.

그때까지는 내가 너를 추방하노라, 어기면 죽음이다.

나를 오도한 나머지 사람들 또한 그리 조치하였으니,

짐의 몸에서 10마일 이상 떨어져 있으라.

생활은 할 수 있게 해 주겠다.

생계수단이 없으면 네가 어쩔 수 없이 악에 빠질 테니까.

그리고 네가 정말 개과천선했다는 소리가 들리면,

짐은, 너의 능력과 성과에 따라,

너를 등용하리라. 〔수석 재판관에게〕 경께서 그 일을 맡으시어,

짐이 말한 대로 처리해 주시지요. 〔그를 따라 함께 이동하는 무리에게〕 이동!

　　해리 왕과 그를 따라 함께 이동하는 무리 퇴장

폴스타프　샐로우 선생, 선생한테 천 파운드 빚을 지게 됐네요.

샐로우　예, 그렇군요. 존 경, 간청컨대 그 돈을 받아 갖고 집에 갔으면 합니다마는.

폴스타프　그건 힘들겠소, 샐로우 선생. 오늘 일에 언짢아 마시오. 그가 따로 사람을 보내겠지요. 보소, 그는 세상에 보이느라 이렇게 하는 거라니까. 출세는 걱정 말아요. 내가 아직은 당신을 크게 만들어 줄 바로 그 사람이다 이 말이오.

샐로우 어떻게 하시겠다는 건지 전 감이 안 오는데요, 나리께서
　　　　나리 웃옷을 제게 입히고 내 속을 밀짚으로 꽉꽉 채운다면 모
　　　　를까. 간청이니, 착하신 존 경, 내 천 파운드 중 오백이라도
　　　　돌려주시오.

폴스타프 귀하, 난 뱉은 말을 지키려 하는 사람이오. 귀하가 들은
　　　　말은 그냥 그런 체하는 거라니까.

샐로우 그런 체 속에 나리가 골로 가는 거 아닐까 걱정이 되네요,
　　　　존 경.

폴스타프 그런 체 이런 체는 걱정 마시고. 나와 저녁식사나 하십
　　　　시다. 가자, 피스톨 중위, 가자구, 피스톨. 곧 밤이 되면 사람
　　　　을 보내올 테니까.

　　　　　　　수석 재판관과 존 왕자, 관원들과 함께 등장

수석 재판관 가서 존 폴스타프 경을 압송하라 런던 감옥으로.
　　　　그의 패거리도 모두 데려가라.

폴스타프 나리, 나리!

수석 재판관 지금은 말이 필요 없다. 내 곧 너를 심문하리라.―
　　　　그들을 데려가라.

피스톨 다시 라틴어로, 운명이 날 괴롭힌단들, 희망이 날 흡족케
　　　　하리니.

　　　　　모두 퇴장. 랭커스터의 존 왕자와 수석 재판관은 남는다.

존 왕자 좋군요 국왕의 이 공정한 일 처리가.
　　　　자신을 자나 깨나 쫓아다니던 자들에게
　　　　아주 윤택한 생활을 보장해 주셨지만,

동시에 그들을 전원 추방하신다 했단 말이죠. 그들의 행동거지가

세상이 보기에 좀 더 현명하고 겸손해질 때까지.

수석 재판관 그들이 추방되었고요.

존 왕자 국왕께서 의회를 소집하셨더군요, 경.

수석 재판관 하셨죠.

존 왕자 내 내기를 걸겠소, 올해가 다 가기 전에,

우리는 가져가게 됩니다. 우리 내전의 칼과 토박이 열정을

멀리 프랑스까지. 새 한 마리 그렇게 노래하는 것 내가 들었는데,

그 음악이, 내 생각에, 국왕 마음에 든 듯하오.

자, 가실까요?

　　　모두 퇴장

에필로그

에필로그 등장

에필로그 우선은 저의 걱정, 그다음은 저의 꾸벅 절, 마지막으로 저의 말입니다.

걱정은 여러분이 불쾌하셨을까입니다. 꾸벅 절은 제 의무죠, 그리고 말은 여러분의 용서를 구하기 위해섭니다. 지금 근사한 말을 찾으시면, 여러분은 절 망하게 만드는 겁니다, 왜냐면 제가 해야 할 말은 제 자신이 만들었어요, 그리고 정말 제가 하게 될 말은, 우려컨대, 입증하겠지요, 제 자신이 망쳐졌다는 것을. 하지만 본론으로, 그러니 위험을 무릅쓰고. 알려 드립니다만, 아주 잘 알려진 대로, 저는 최근 어떤 불쾌한 연극의 마지막 이 자리에서, 그 작품에 대한 여러분의 인내를 기원하고, 여러분께 약속한 바 있습니다. 더 나은 작품을. 전 정말 여러분께 갚고자 했습니다. 이 작품으로. 이 작품은, 만일 불운한 투자처럼 그것이 화물을 잃고 집으로 올 경우. 저는 파산이고, 여러분, 저의 친절한 투자자들께서는, 손해를 보게 되는 그런 거였으니까요. 여기에 나오겠다고 저는 여러분께 약속을 했고, 여기서 제가 제 몸을 여러분 처분에 맡깁니다. 조금만 좋게 봐주신다면, 저는 조금이나마 갚아 드리는 게 되죠. 그리고, 대개의 채무자들이 그렇듯, 끝까지 갚겠다는 약속을 드릴 것입니다.

제 혀의 간청에도 여러분의 무죄선고를 내려 주시지 않는다면, 제 다리를 활용해 보라고 명을 내려 주시겠습니까? 그렇지만 너무 가벼운 상황이죠, 여러분한테 진 빚을 춤으로 벗어난다는 건. 그러나 양심은 가능하다면 어떤 만족이든 드리려 할 것이고, 저도 그러고 싶습니다. 여기 계신 숙녀분들은 모두 저를 용서하셨군요. 신사분들이 그리 안 한다면, 신사분들은 숙녀분들과 의견을 달리한다는 거고, 그건 이런 모임 초유의 일이겠지요.

한마디만 더요. 간청컨대. 여러분께서 뚱뚱한 고깃덩어리에 너무 물리신 게 아니라면, 우리의 겸손한 작가는 존 경을 계속 등장시키고, 프랑스 미인 카트린느로 여러분을 즐겁게 해 드릴 겁니다. 그 프랑스에서, 제가 아는 바로는, 폴스타프가 죽게 되지요 땀을 흘리는 성병으로—여러분의 혹평으로 그가 이미 살해된 게 아니라면. 왜냐면 올드캐슬은 순교자 이름입니다. 폴스타프란 자에 댈 바가 아니죠. 제 혀가 지치네요. 제다리도 그러하니, 전 여러분께 안녕히 주무시라는 인사 올리느라, 여러분 앞에 무릎을 꿇겠습니다—하지만, 그러믄요, 여왕님을 위한 기도를 올리자는 거죠.

그가 춤을 추고 나서 무릎 꿇고 박수를 청한다. 그리고 퇴장

1. 잉글랜드 민족 사극들 : 가장 아름다운 예술작품으로서의 역사

고대 그리스 에스킬로스, 소포클레스, 에우리피데스 '비극'의 '소재'는, 최소한 당대인들에게는, '신화'라기보다 아주 먼 옛날의, 그러나 엄연한 역사였는지 모른다. 위대한 그리스 고전 비극들은, 고대 그리스인들에게, 우리들 개념의 '사극'에 더 가까웠는지 모른다. 더 과감하게 말하자면, 그리스 고전 비극이 여전히 위대한 것은, 역사를 당대적 시각에서 다룬 결과로 그것이 갖추게 된 보편성 때문인지 모른다.

셰익스피어의 문학적 감수성으로 보아, 그런 사정은 셰익스피어도 마찬가지였을지 모른다. 즉, 잉글랜드 역사를 다룬 그의 소위 '사극들'은 그에게 민족사극일 뿐 아니라 시사극이었을지 모른다. 그의 마지막 사극《헨리 8세》의 주인공은 바로 엘리자베스 1세 여왕의 생모를 죽인 엘리자베스 1세 여왕의 아버지였다. 그의 생애 첫 창작 작품은《헨리 6세 2부》.《헨리 8세》가 마지막 작품이니(확신할 수 없으나, 합작설이 나올 정도니 아마 마지막이 맞을 것이다) 그는 평생 동안 '시사=역사'의 틀 자체를 연극-예술화하는 입장이었을지 모르고, 그 입장을 '신세'로 생각했을지 모르고, 그 사극 생애의 '핵심=일상'을 비극의 절정으로 응축하는 동시에 희극의 절정으로 해방시켰던 그의 '정신=예술' 속은 우리 생각보다 훨씬 더 역동적이고 다채로운 것이었을지 모른다. 그러나 역사 현장과 전쟁과 폴스타프가 부딪쳐 작렬하는《헨리 4

세 1부》와 《헨리 4세 2부》만 보더라도, 그의 사극들 또한 틀 자체의 연극-예술화 너머 가장 아름다운 예술 작품으로서 역사에 달하는 과정이었고 갈수록 그 결과였다. 셰익스피어 민족사극들은 전에는 물론 그 후에도 비슷한 사례가 없다. 중세 도덕 막간극이 1547년 무렵 베일의 《존 왕》을 거쳐 생성된 장르가 사극이라고는 하나, 그 《존 왕》은 주인공 말고 다른 등장인물들이 모두 아예 추상들이고 역사는 교훈을 위한 수단일 뿐이고, 1588년 무렵 《존의 골칫거리 통치》에서 추상들이 실제 등장인물들한테 자리를 내주지만, 교훈주의는 여전하다.

자신의 자료를 교훈가나 연대기 작성자가 아닌 극작가로서 다루어 실제 역사를 극화하는 사극 작가는 셰익스피어가 처음이고, (엘리자베스 1세 여왕) 시대 혹은 당대의 공통된 가치와 이상, 그리고 역사관과 세계관으로 거대한 총체를 이루는 그의 위대한 사극 연작에 비견될 만한 것은 다른 어느 나라 문학에도 없다. 그의 사극들이 잉글랜드 역사에 빚진 것이 많은 바로 그만큼, 잉글랜드 역사는 그의 사극들에 빚을 지게 된다.

셰익스피어가 엘리자베스 1세 여왕 시대에 잉글랜드 역사를 만난 것이 문학사상 손꼽히는 행운이라면, 잉글랜드 역사가 셰익스피어를 만난 것은 역사상 손꼽히는 행운이다. 셰익스피어 사극들로 하여 잉글랜드 역사는 세계 어느 나라 역사보다 더 행복한 예술에 달한다. 동시에, 셰익스피어 사극들은, 문학이므로, 셰익스피어 시대를 반영하는 정도를 넘어 셰익스피어 시대의 산물이다. 셰익스피어 사극들 또한, 에스킬로스의 오레스테스 3부작, 소포클레스의 외디푸스 3부작 못지않게, 가족-혈연사고 복수극이지만 그들과 셰익스피어 사이 2천 년이 존 왕과 셰익스피어 사이

3～4백 년으로 응집–심화하면서 '역사–사회–정치적'을 당대–예술화하고, 순식간에 순수문학과 참여문학의 구분이 무의미해지고, 갈수록 민족'주의'가 민족'극예술'로 극복되고, 때때로 혹은 수시로, 중세 기괴가 곧장 현대 기괴로 이어지기도 한다.

셰익스피어 사극들에서는 왕권 강화가 근대화의 다른 이름이다. 역시 사극은 사극이고, 지나간 역사는 지나간 역사였을까? 어쨌거나, 셰익스피어 사극들에는 실제 역사적 사실과 다른 부분이 간간히 눈에 띄는데, 우리가 역사를 인식하고 역사의 대강을 파악하는 데 방해가 될 정도는 아니고, '드라마'를 위해 불가피한 변형이며, 그 강력한 드라마로 하여, 우리의 균형 잡힌 역사 인식에 오히려 더 도움이 된다고 할 수도 있겠다. 드라마가 역사와 똑같기를 바라는 것도 일종의 완고일 테니.

《심벨린》은 보통 비극으로 분류되고, 흔히 셰익스피어의 마지막 비극으로 불리지만, 심벨린은 로마제국 시대 브리튼 왕이고, 《심벨린》은 존 왕부터 헨리 8세 시대까지를 끊기지 않고 담아내는 셰익스피어 잉글랜드 사극들보다 한참 더 앞선 시대에 '동떨어져' 있지만 역사는 전설의, 꿈같은 이야기로 시작되고 사극도 그렇게 시작하는 게 순리다. 그렇다면 그보다 더 앞선 전설 시대 이야기인 《리어왕》은? 시대에 관계없이, 사극들의 프롤로그 역을 맡기에는 너무나 강력하고 걸출한 비극이다.

《심벨린》 2막 3장 '아침의 노래'는 슈베르트가 곡을 붙인 명곡이 전해 오고, 4막 2장 '만가'는 버지니아 울프 소설 《댈러웨이 부인》 주인공 의식의 흐름의 기조를 이룬다.

첫 노래는, 노래가 끝나자마자 웬 막돼먹은 소리? 《심벨린》은 처음부터, 끝나기 직전까지 불안하고, 불안이 불길하다.

브리튼 왕 심벨린의 딸 이너젠이 남모르게 포스튜머스와 결혼하고, 이너젠을 자신의 아들 클로텐과 결혼시키려는 계모 왕비가 그 사실을 일러바치고, 포스튜머스가 추방되는데, 그가 이탈리아에서 아내의 정절을 두고 쟈코모와 내기를 걸고 이길 것을 호언장담 하지만 브리튼으로 건너온 쟈코모가 술수를 부려 이너젠이 잠든 침실에 잠입, 이런저런 가짜 증거를 훔쳐 오고 침실 및 그녀 몸 특징을 설명하니 그걸 철석같이 믿은 포스튜머스는 이너젠에게 자신을 만나러 밀포드 항구로 오라는 편지를 쓰면서 그의 하인 피사니오에게는 오는 도중 그녀를 죽이라고 명한다. 그러나 피사니오는 그녀더러 남장을 하고, 브리튼을 침략 중인 로마 장군 루치우스한테로 가라고 설득하고, 그녀는 오래전 아버지가 추방했던 대신 벨라리어스, 그리고 쫓겨날 당시 벨라리어스가 훔쳐 와 산 동굴에서 키운 두 형제, 즉 그녀의 두 오빠 귀더리어스와 아비레이거스를 만나고, 겁탈을 해서라도 이너젠을 제 것으로 만들려고 그녀를 추적하던 클로텐은 두 형제에게 죽임을 당한다. 몸이 아파 먹은 약이 이너젠을 죽은 듯한 상태에 빠뜨리고 클로텐 시체 곁에 눕혀졌다 깨어나 머리 없는 클로텐 시체를 복장 때문에 포스튜머스 것으로 착각한 이너젠은 루치우스한테로 가고 이어지는 전투에서는 벨라리어스, 귀더리어스와 아비레이거스, 그리고 이탈리아에서 돌아온 포스튜머스의 활약에 크게 힘입어 브리튼인이 대승을 거둔다. 자초지종이 알려지고 온갖 화해와 용서가 이뤄지고, 심벨린은 브리튼과 로마 사이 평화를 위해 로마

황제 아우구스투스에게 조공을 바치겠다 약속하고 모두를 잔치에 초대한다.

'아침노래'는 그 아름다움에 이어지는 클로텐의 막돼먹은 소리가 딱히 음악가 탓은 아니므로 그렇다 치고, 막돼먹은, 그래서 자기들이 죽인, 모가지가 없는 클로텐 시체 옆에 이너젠을 누이며 부르는 아름다운 '만가'라니. 얼핏《심벨린》은, 마치《리어 왕》을 해피엔딩 스토리로 바꾸려 어설프게 뜯어 맞추고 땜질한 듯, 어설프고 황당하다. 이탈리아-프랑스-스페인인 혐오가 너무 노골적이다. 그들 대사는 모두 산문이고 이탈리아인들은 모두 악당들이고, 심지어 포스튜머스의 친구 필라리오조차 방관적이지만 그 전에 포스튜머스 대사도 산문이고, 정말 황당한 내기지만, 내기 성립 직후(1막 4장 마지막) 그가 쟈코모와 함께 퇴장하는 것은, 무슨 라스베이거스도 아니고, 정말 드물게 황당하다. 이너젠은 동음이의어 사용의 뉘앙스가, '은연중 뉘앙스'보다 조금 더 강하게, 사태에 대한 책임이 있고, 그래서 알게 모르게, 그녀가 포스튜머스-클로텐 육체 혹은 시체를 혼동할 때 우리는 '오죽하겠어' 느낌에 아주 약간 가닿게 되고, 포스튜머스가 아직도 이너젠을 못 알아보고 때리는 장면은 그 '황당=오죽'의 극치고, '기계에서 나온 신' 개념은 이 모든 것의 연극(용어)적 측면이고, 그렇다 하더라도 클로텐이, 그리고 계모 왕비가 너무 싱겁게 죽는다. 등장인물 아닌 작가 자신이, 뭔가 지쳤다는 느낌이랄까.
하지만,《심벨린》에는《리어 왕》뿐 아니라《폭풍우》연관도 있고, 그 둘이 적절하게 부딪치거나 결합, 불행과 시련 속에서도 미리 안심하는, 섭리가 편안한 경지랄까 하는 것을 언뜻 발할 때가 있고, 그때 이너젠을 '최고의 이상적인 여성'으로 보았던, 적지 않은 사람들의 말에 고개가 끄덕여지는 대목이 있다. 하여, 5막 5장 교수형 집행을 앞둔 포스튜머스와 옥리가 펼치는 죽음 대 웃음은 《맥베스》에서보다 덜 비극적이고, 산문적이지만, 그 산문 효과가 '만년작'적이다. 1925년 현대 의상의 《햄릿》이 커다란 영향을 끼치기 2년 전에 같은 방식의 《심벨린》 공연이 있었다는 것은 시사하는 바가 적지 않다 할 것이다.

《심벨린》을 가장, 셰익스피어의 다른 어떤 작품보다 더 가혹하게 평가한 것은 버나드 쇼. 이미 1896년 이너젠 역을 준비 중이던 엘런 테리에게 《심벨린》이 터무니없는 작품이라고 투덜거리더니 급기야 1937년 그는 이 작품의 마지막 막의 결점들을 겨냥한 희곡 《결말을 바꾼 심벨린》을 발표하기에 이른다. 그리고 다행히, '만가' 첫 두 행은 댈러웨이 부인에게 제1차 세계대전의 악몽을 떠올리는 슬픈 만가이자 위엄을 잃지 않는 심오한 인내의 선언으로 거듭난다. 마지막 두 행은 T. S. 엘리엇 시 《요크셔 테리어에게》에서 거의 차용되고 있다. 스티븐 존다임이 아리스토파네스 《개구리들》을 마구잡이로 차용한 동명 뮤지컬에서는 셰익스피어와 버나드 쇼가 최고의 극작가 타이틀을 거머쥐고 되살아나 세상을 더 낫게 할 것이냐를 놓고 경쟁하는데, 죽음에 대한 자신의 견해를 묻자 셰익스피어는 위 만가를 부르는 걸로 답을 대신한다.

《존 왕》은 크게 ('사자심장왕') 리처드 1세 사후 그 둘째 동생인 존 왕과 그 첫째 동생 아들인 '아서 플랜타저넷' 사이 왕위 계승권(상속)을 둘러싼 합법 및 비합법 투쟁, 거래와 정략이 그 줄거리 골간이다. 《리어 왕》에 비해 문학성은 크게 떨어지면서도, 분명 더 높은 사회구성체가 들어서 있고, 왕권과 귀족 사이 경제적 권력 투쟁에서 귀족이 승리한 결과인 마그나 카르타가, 보이지 않거나 아주 희미하게 언급될 뿐이지만, 엄연히 들어서 있다. (사실, 마그나 카르타가 정치-사회적으로 중요해지는 것은 셰익스피어 사후다.) 입성 문제를 놓고 싸우는 것도, 결국 피비릴 것이지만, 우선은 무슨 거래를 방불케 한다.

조카 아서의 잉글랜드 왕위 계승을 지지하는 프랑스 왕 필립과 오스트리아 공작 연합 세력의 사실상 선전포고를 통보 받은 존 왕은 어머니 일리노어, 그리고 리처드 1세의 사생아 필립과 함께 프랑스를 침공했다가 존의 조카딸 블랑슈와 프랑스 왕세자의 결혼으로 평화가 다시 찾아오지만 교황 사절 팬돌프 추기경이 존 같은 골수 이단자와 평화 협정을 맺으면 파문을 시키겠다고 위협하니 프랑스 왕은 존을 배신하고, 이어진 전투에서 잉글랜드가 승리, 사생아 필립이 오스트리아 공작을 죽이고, 아서는 사로잡혀 잉글랜드로 송환되어 살해당할 위협에 처하고, 아서의 어머니 콘스탄스는 슬픔을 못 이긴 광기에 몸부림치다 죽고, 존 왕의 사주를 받은 수행원 휴버트는 차마 아서의 몸에 손을 대지 못했으나, 아서가 달아나려다 죽음을 맞게 되고, 존 왕이 죽였다고 생각한 솔즈베리 등 많은 귀족들이, 잉글랜드를 침공 중인 프랑스 왕세자 쪽에 합류하고, 존 왕은 현시국 통제권을 사생아 필립에게 넘긴 뒤 수도원으로 물러났다 독살당하고, 프랑스 왕세자의 기만술을 눈치 챈 잉글랜드 귀족들이 속속 다시 충성을 맹세하고, 새로 등극한 존 왕의 아들 헨리 3세를 중심으로 똘똘 뭉친 잉글랜드 앞에 프랑스군이 퇴각하며 막이 내린다.

'사생아' 필립 팰컨브리지는 실제 역사에서 아주 희미하게 언급될 뿐이지만, 셰익스피어는 《존 왕》에서 그를 주저 없이 플랜타저넷가 정통이자 제2의 비조로 세워 자신의 사극들을 사실상 '출발'시키며, 이것은 문학적으로 매우 적절한 출발이고, 이것 말고도 《존 왕》은 실제 역사, 혹은 역사서와 어긋나는 내용들이 꽤 있지만 대부분 그 적절함이 야기시켰거나 적절함 속으로 흡수되는 것들이다.

화려장관 볼거리를 관객들이 좋아했던 빅토리아 여왕 시대에는 가장 자주 공연되는 셰익스피어 작품 중 하나였으나 20세기 들면 《존 왕》은 1915년 이후 브로드웨이 공연이 단 한 번도 없고, 1953~2010년 스트랫포드 셰익스피어 축제 공연이 단 4회에 불과한 신세로 전락하지만, 1945년 피터 브룩이 연출한 공연은 그 의미가 적지 않다.

《리처드 2세》를 온통 수놓는 시는 봉건성을 벗는 부르조아적 아름다움의 탄생 과정이라 해도 과언이 아니고, 특히 5막 5장(폼 프릿 성 감옥) 전반부 리처드의, 연주되다 그치는 음악과 어우러진, 자신의 소란스런 죽음 직전 독백은 셰익스피어 전 작품을 통틀어 몇 안 되는 압권 중 하나다.

헨리 3세의 세 아들 모두 왕에 오르니, 에드워드 1세(치세 1272~1307), 에드워드 2세(치세 1307~27), 에드워드 3세(치세 13

27~77)가 그들이고 에드워드 3세는 아들 일곱을 두게 되는데, 첫아들 웨일즈 공 에드워드(1330~1376)가 죽자 그의 아들, 즉 에드워드 3세의 장손이 리처드 2세에 오르고 《리처드 2세》 줄거리는 학정으로 치닫던 그가 에드워드 3세의 넷째 아들인 랭커스터 공작 아들, 즉 사촌 헨리 볼링브루크, 훗날의 헨리 4세에게 밀려나는 잉글랜드 역사의 한 대목이며, 그렇기 때문에 《리처드 2세》, 《헨리 4세 1부》, 《헨리 4세 2부》, 그리고 《헨리 5세》를 4부작으로 보아, '헨리 이야기'라는 뜻의 '헨리아드'라 부르기도 한다.

볼링브루크가 리처드의 삼촌 글로스터 공작 암살 죄로 노포크 공작 토머스 모브레이를 고발하자 모브레이가 볼링브루크를 '가장 위험한 반역자'로 맞고소, 리처드는 두 사람의 결투로 자신의 결백을 입증하라 했다가 마지막 순간 모브레이를 영구히, 그리고 볼링브루크를 10년 동안 잉글랜드에서 추방하라 명하고, 아일랜드 원정 경비를 감당해야 했던 그가 사망한 고온트의 재산, 의당 볼링브루크에게 상속되어야 할 그것을 자신의 삼촌 요크 공작, 그리고 노섬벌랜드 백작의 격렬한 반대에도 불구하고 몰수하니, 후자는 자신의 재산을 되찾겠다는 명분으로 권토중래를 도모하는 볼링브루크 쪽에 합류하고, 리처드는 아일랜드 원정을 떠나고 볼링브루크는 요크셔에 상륙, 노섬벌랜드와 함께 버클리 성으로 진격하고 거기에 리처드의 섭정으로 남겨졌던 요크 공작도 어쩔 수 없이 그들을 받아들이고, 웨일즈에 상륙했으나 기대했던 웨일즈 병력이 뿔뿔이 흩어졌거나 자신의 추종자 그린과 부시를 처형하고 높은 인기를 누리는 볼링브루크 쪽에 가담했다는 것을 알게 된 리처드는 요크 공작 아들 오멀을 데리고 플린트 성으로 피

신했다가 거기서 볼링브루크에게 사로잡히고, 볼링브루크는 오로지 자기 재산을 찾으려는 것뿐이라고 강변하지만 볼링브루크 앞에 불려 나온 리처드의 남은 추종자 베이갓이 오멀을 글로스터 공작 살해범으로 지목하고, 볼링브루크가 모브레이 사면령을 내려 오멀과 대질시키려 하지만 모브레이는 베니스에서 이미 죽은 터였고, 불려 나온 리처드가 볼링브루크에게 왕위를 양도하고, 칼라일 주교가 불가함을 주장하다가 노섬벌랜드에게 체포되고, 리처드가 런던탑으로 호송되고, 칼라일 주교와 오멀은 볼링브루크 제거를 도모하고, 리처드는 런던탑 아닌 폼프릿 성으로 가던 도중 왕비와 작별하고, 왕비는 프랑스로 떠나고, 오멀의 음모를 발견한 요크가 서둘러 그것을 알리러 볼링브루크에게 가지만, 그 전에 오멀이 먼저 도착하여 이실직고하며 용서를 구하고, 요크 부인의 간청에 따라 볼링브루크, 헨리 4세가 용서를 하고, 볼링브루크의 명에 따라 리처드는 엑스턴의 피어스 경에게 살해된다.

3막 4장 왕비와 정원사가 나누는 대화는 뛰어난 서정성과 식물의 비유로 리처드 폐위를 예견시키는, 걸작 막간극이다. 마지막 폐위 장면은 엘리자베스 시대에 워낙 민감한 대목이라 검열에 걸렸고, 제임스 1세 왕의 왕권이 안정되고 나서야 비로소 연기 및 인쇄가 가능했고, 에섹스 지지자들의 요청으로 그의 모반 하루 전인 1601년 2월 7일 무대에 올려진, 폐위 장면이 포함된 공연은 말 그대로 역사적인 공연이 되었다.

《헨리 4세》는 '어제의 동지, 오늘의 적'과 치르는 전쟁을 다루는 잉글랜드 사극임이 분명하지만, 동시에, 《1부》는 폴스타프라는 인물을 탄생시키는, 전쟁, 더군다나 내전을 배경으로 더욱 혹심한 희극 걸작이기도 하다. 주인공은 헨리 4세가 아니라 그의 왕세자 해리와 폴스타프 및 그 패거리들이며, 전쟁, 더군다나 내전을 배경으로 더욱, 산문과 운문의, 그리고 산문끼리 쟁패가 파란만장하다. 해리 왕세자는 폴스타프를 날카롭고 효과 있게 공략하지만, 그리고 내용에서 압도적 우위에 있지만 폴스타프는 논리를 넘어서는 희극성의 존재 그 자체고, 5막 3장 해리와, 즉 전쟁 소문이 아닌 전쟁 현실과 직접 마주치는 대목에서 폴스타프의 '코믹'은 일순 나약하여 해리한테 무참하게 '깨'지지만, 그 나약함이 이런 질문을 열기도 한다. 그럴까, 그런가? 그러나 전쟁에서, 죽음 앞에서 용기를 발하는 것이 정말 용기일까, 그건 무지 아닐까? 그거야말로 위선 혹은 비겁 아닐까? 무엇보다, 평화는, 그리고 희극은 유지되어야 하는 것 아닐까?

《2부》는 그에 비해 산문이 무척 지루하고 폴스타프가 잉여 출연인 느낌이 갈수록 강하며, 에필로그 직전 (헨리 5세에 오른) 해리 왕세자가 폴스타프에게 전하는 이별 통고는 그 자체로 적절하지만, 극 전체로 볼 때 너무 늦었고, 너무 늦었으므로 폴스타프의 대응은 희극적이기는 커녕 그냥 비루할 뿐이다. 그리고, 곧 이어지는 에필로그가 다음 작품에서도 그가 등장한다고 예고하지만 《헨리 5세》에는 폴스타프가 나오지 않고, 그의 죽음이 잠깐 언급될 뿐이다. 1부의 퀴클리('재빨리'), 개즈힐('쏘다니는 언덕')에 덧붙여 돌 티어시트('인형 뜯어내고 괜찮은 쪽'), 스네어('올가미'), 팽('독이빨'), 모울디('곰팡이 낀'), 위트('사마귀'), 휘블('연약한'), 불카프('수송아지') 등 우수마발 백성들의 뜻이름들이 많이 나오는 것은, 이름이 굳어지고 족보가 생겨가는 근대, 더군다나 참혹한 전쟁과 혹심한 희극 사이 절묘한 그것이라고나 할까.

《1부》1402년 6월~1403년 7월 핫스퍼, 그의 아버지 노섬벌랜드, 그리고 그의 삼촌 우스터 백작이 핫스퍼 아내인 퍼시 부인의 오빠 모티머 영주, 모티머 부인의 아버지인 오웬 글렌다워, 그리고 더글라스 백작과 합세, 반란을 일으키지만 약속 장소인 슈루즈버리에서 핫스퍼와 실제로 합류한 것은 우스터와 더글라스 뿐, 핫스퍼는 왕세자(웨일즈 공) 해리와의 결투에서 패하여 죽고 우스터는 처형되고 더글라스는 풀려나는데, 왕세자 해리는 평소 폴스타프 패거리들과 어울려 물주 노릇을 해 주고 함께 도둑질도 하고 '멧돼지 머리 여인숙'에서 부왕과의 가상 만남을 꾸며 우스갯거리로 만드는 등 방탕 및 패륜 행각을 부러 벌이다가 3막 2장 부왕과 실제로 만난 자리에서 본심을 드러내며 참회의 눈물을 흘리고, 부자 화해가 이뤄지고, 왕세자의 위용을 갖춰 전장에 나온 터였고, 폴스타프도 슈루즈버리에 있었다.

《2부》1403~13년 스크로우프 대주교, 헤이스팅스 경, 그리고 문장원 총재 토머스 모브레이가 반란을 일으켰다가 술수에 넘어가 스스로 군대를 해산하고 처형당하는데, 운문을 희화화하는 피스톨이 처음 등장하고 폴스타프는 여인숙 여주인 미세스 퀴클리, 창녀 돌 티어시트와 오래 놀아나더니 징병을 한답시고 간 곳에서 만난 시골재판관 로버트 샐로우를 꼬드겨, 왕세자가 자신의 막역 친구인데 곧 왕에 오를 것이고 그러면 좋은 일이 있게 해 주겠다며 천 파운드를 빌리지만, 런던에서 만난 그 왕세자, 헨리 4세가 죽어 헨리 5세에 오른 그의 친구는 면박을 주며 자기 눈앞에서 꺼지라고 말한다.

극중 모티머는 오웬 글렌다워의 딸과 결혼한 에드먼드 모티머 (1409년 사망)와, 리처드 2세가 후계자로 인정했던 조카 에드먼드 모티머(1424년 사망)를 합쳐 만든 등장인물. 이 등장인물로 인해 요크 가문 전체가 에드워드 3세의 아들들과 실제 역사보다 한발 더 가깝게 된다.

《헨리 5세》의 압권은 단연, 위 대사의 힘을 받아, 전투를 앞두고 수적으로 완전 열세인 병사의 사기를 정말 극적으로 북돋우는 헨리 5세의 연설(4막 3장). 방백에서 절묘하게 이어져 공연 효과는 더 크다. 젊은 왕이 밤에 변장을 하고 막사를 돌아다니며 불안에 떠는 병사들을 달래고 그들이 자신을 정말 어떻게 생각하는지 살피고, 자신도 그냥 사람일 뿐인데 왕으로서 져야 하는 도덕적 책임에 대해 고뇌한 뒤의 연설인 것을 감안하면 감동은 배가된다. 이것을 따로 '크리스피누스 축일 연설'이라고 부른다.

캔터베리 대주교의 말에 고무되어 프랑스 왕관을 거머쥐기 위해 프랑스 원정을 떠나기 전 헨리 5세는 사우샘튼에서 자신을 암살하려는 케임브리지 백작, 스크루우프 경, 그리고 토머스 그레이 경의 음모를 발견, 이들을 처단하고 아르플레르를 점령, 칼레를 향하다가 아젠쿠르에서 프랑스 대군을 만나지만 크게 승리하며 트르와 조약으로 프랑스 왕의 딸 카트린느와 결혼하는데, 극 초

반, 피스톨과 결혼한 옛 퀴클리가 폴스타프의 죽음을 알리고 피스톨, 바돌프, 그리고 님이 원정대에 참가하지만 바돌프와 님은 약탈죄로 교수형 당하고, 피스톨은 웨일스인 지휘관 플루얼런을 모욕했다가 그에게 흠씬 얻어맞고 부추 모양 채소 리크를 강제로 먹게 되며, 해리 왕은 플루얼런을 잉글랜드 병사 마이클 윌리엄즈와도 싸우게 만든다.

윌슨(Wilson, John Dover, 1881~1969)은 폴스타프가 《헨리 5세》에 원래 등장할 예정이었으나 켐페가 떠나 마땅한 배우가 없자 폴스타프 대사를 빼고 새로운 에피소드를 집어넣거나 피스톨이 폴스타프 대신 리크를 먹게 한 것이라고 주장한 바 있지만, 어쨌거나, 피스톨의 운문 희화화는 《헨리 5세》에서 아예 거덜 난 운문 차원에 달하고, 님, 바돌프, 피스톨의 코미디는 죽어서도 희극적인 폴스타프 죽음에 무척 심오한 페이소스를 부여한다. 바돌프의 외모는 전쟁-일상의 참상을 희극-역설적으로 강조하고, 아일랜드 방언, 웨일즈 방언, 스코틀랜드 방언의 군인-지휘관들 또한 못지않게 멍청하고, 희극적이다. 해리는 전 작품에서와 마찬가지로 산문과 운문을 모두 구사하지만, 이번에는 서민과 귀족-왕족 모두를 대변하기 위해서며, 헨리 5세의 카트린느 구애는 전부 산문이지만 폴스타프풍 산문은 아니고, 불어 동음이의의 과감한 구사는 귀족 사회 너머 국제(화) 사회를 반영한다. 소년의 죽음은, 미래-비극적이다.

《헨리 6세 1, 2, 3부》의 주인공 헨리 6세(1421~71)는 헨리 5세와 카트린느 사이에 난 유일한 아들로 돌을 맞기 전 1422년 잉글랜드 왕위에 올랐고, 1426년 웨스트민스터에서, 그리고 1431년 파리에서 대관식을 치렀고 1440~41년 이튼 칼리지, 킹스 칼리지, 케임브리지 대학을 잇달아 세웠으며 1445년 앙주의 마가릿과 결혼했는데, 온화하고 참을성 있는 성품이었으나 아버지가 남겨 준 프랑스 유산을 지켜 내거나 잉글랜드 내 랭커스터 가와 요크 가 사이 장미전쟁을 막을 만큼 강하지는 못하더니, 1471년 튜크스베리 전투 이후 피살된다.

《1부》헨리 5세가 죽고 6세가 즉위한다. 잉글랜드인은 프랑스 내 영지를 지키려 하지만 성처녀 잔('창녀이자 마녀')의 활약에 자꾸 밀리고 잉글랜드 군을 이끌며 용감하게 싸워 수차례 승리를 거둔 탈봇도 결국 죽고 잉글랜드 내부에서 호국경 글로스터 공작과 윈체스터 주교 헨리 보포트(훗날 추기경) 사이 알력이 심해지며 템플 정원에서 양쪽이 각각 붉은 장미와 백장미를 뽑아 랭커스터 가와 요크 가 사이 본격적인 장미전쟁의 시작을 알리고, 헨리 6세는 나폴리 왕이자 앙주 공작인 르네의 딸 마가릿과 결혼한다.

《2부》왕이 마가릿과의 결혼 선물로 앙주와 마인을 장인에게 양도한 것에 격렬한 이의를 제기하는 호국경 글로스터에게 마가릿 왕비, 추기경 보포트, 왕비의 연인 서포크, 그리고 요크가 앙심을 품고, 왕을 해코지하는 마법을 썼다는 누명을 씌워 글로스터 공작부인을 추방하더니, 글로스터마저 체포한다. 살인 혐의로 추방된 서포크가 해적들한테 다시 피살되고, 4막 대부분은 잭 케이드의 반란과 죽음의 장. 5막에서 장미전쟁이 시작되어 헨리 왕, 마가릿 왕비, 서머싯 공작과 늙은 클리포드 영주가 랭커스터 편에 서고 워릭 백작과 그 아들 솔즈베리 백작이 요크와 그 아들들을 지지한다. 1455년 세인트 앨번즈 전투가 벌어지고 서머싯 공작과 클리포드 영주가 전사한다.

《3부》세인트 앨번즈 전투가 끝나고 헨리 6세가 요크를 자신의 왕위 계승자로 하지만 마가릿 왕비는, 아들 클리포드의 후원을 업고 자신의 적통 왕세자 에드워드를 위해 싸움을 계속. 웨이크필드에서 클리포드가 요크의 어린 막내아들 러틀랜드를 죽이고 요크도 사로잡혀 클리포드와 마가릿에게 모멸당한 후 칼에 찔려 죽는다. 하지만 요크의 두 아들, 훗날 에드워드 4세(치세 1461~83)와 리처드, 훗날 리처드 3세(치세 1483~85)가 1461년 타우튼 전투에서 랭커스터 가문을 물리치고, 여기서 클리포드가 살해당하고 헨리 6세가 체포당하고 왕에 오른 에드워드가 엘리자베스 우드빌과 결혼하자 워릭이 마가릿 편에 합류, 헨리를 풀어주고 에드워드를 사로잡지만 에드워드는 달아났다가 헨리를 다시 사로잡고, 1471년 바넷 전투에서 워릭군을 물리치고 워릭을 죽인다. 1471년 튜크스베리 전투에서 랭커스터 가문이 최종적으로 패퇴하고 헨리 6세의 맏아들 에드워드를 칼로 찔러 죽이며, 리처드는 런던탑으로 달려가 헨리 6세를 죽인다.

장미전쟁을 다루면서 특히, 법률용어가 난립한다. 초기작이지만 탈봇의 절규는 리어 왕을 연상시키기에 족하고, 서포크가 마가릿을 '꼬시'는 이야기는, 그에 비하면 더욱, 지루하고 지리멸렬한 코미디지만, 잠깐 동안의 평화 속이라는 것을 감안하면 그럴 법하기도 하다. 평화란 그런 것이고, 그래서 좋은 거니까. 폴스타프를 뒤집었달까. 그것을 다시 뒤집어 잭 케이드를 그리 심하게 희화화했을까? 서머싯 공작은 헨리 보포트와, 그의 공작 작위를 물려받은 동생 에드먼드를 합친 인물이다.

《리처드 3세》는 기형의 왕이 벌이는, 소름끼칠 정도로 기괴하고 끔찍한 정치의 장이다.

에드워드 4세(1442~1483)는 잉글랜드 최초의 요크 가문 출신 왕으로 1461. 3. 4.~1470. 10. 3 통치 때는 폭력으로 얼룩졌고 잠시 랭커스터 가문에게 밀렸으나 튜크스베리 전투 때 랭커스터 가문을 완전 제압하고 다시 왕위에 오른 뒤 나라를 평화롭게 다스리다가 갑작스레 죽음을 맞은 인물이다. 꼽추 리처드, 훗날 리처드 3세의 맨 처음 독백을 우리는 이 책 맨 앞에서 이미 읽었고 그의 치세는 2년에 불과하다.

에드워드 4세의 임종이 시시각각 다가오고 그의 둘째 동생인 리처드가 왕위를 차지하려면 그와 왕좌 사이 여섯 사람, 에드워드의 두 아들. 즉 왕세자 에드워드와 요크 공작, 그리고 에드워드의 딸 엘리자베스, 리처드의 형인 클래런스, 클래런스의 어린 아들과 어린 딸을 처리해야 한다. 1막에서 리처드는 형 클래런스를 런던탑에 갇히게 만든 다음 다시 손을 써서 죽이는 데 성공하고, 튜크스베리에서 자신의 손으로 직접 죽인 헨리 6세 왕세자 아들 에드워드의 미망인 앤 부인한테 뻔뻔스럽게 구애, 훗날, 놀랍게도, 결혼하는 데 성공한다. 헨리 6세의 미망인 마가릿은 코러스처럼 출몰하며 철천지원수들인 요크 가문 사람들을 저주하는 한편 리처드를 조심하라 경고하고, 에드워드 4세가 죽자 리처드는, 버킹검 공작의 후원을 받으며 왕비파를 공격, 그녀 동생 리버스 백작과, 그녀가 전 남편 사이에 낳은 아들 그레이 경, 그리고 에드워드의 고명대신 격인 궁내장관 헤이스팅스 경을 죽이고, 에드워드의, 에드워드 5세로 등극이 예정된 왕세자와 왕자 요크 공작을 런던탑에 가두고, 버킹검 공작이 런던 시민을 설득하여 리처드를 왕으로 선포케 하고, 왕에 오른 리처드가 런던탑의 왕세자와 왕자를 암살케 하고, 에드워드의 딸 엘리자베스와는, 자책과 병으로 죽어 가는 아내 앤을 더 빨리 죽게 조치한 후, 결혼하려 계획한다. 클래런스의 딸은 신분이 미비한 신사와 결혼할 것이고, 그의 아들들은 멍청하니 그만하면 되었다. 그런데 왕세자를 죽인 것에 대해 버킹검 공작 마음이 갈팡질팡하고, 리처드가 내치니 버킹검은 헤이스팅스의 친구 스탠리 경의 사위인, 랭커스터 가문의 리치먼드 백작 헨리 튜더, 훗날의 헨리 7세와 합류하려다 사로잡혀 처형되고, 상륙한 헨리 튜더의 군대가 보스위스에서 리처드 군대와 마주친다. 전투 전날 밤 리처드가 죽인 사람들의 유령이 차례차례 나타나 그를 저주하고 그의 패배를 예언하고, 그 예언대로 되고 헨리 튜더가 헨리 7세로 추대된다.

리처드 3세의 찬탈 과정은 속이 빠르고, 헨리 7세 등장 이전까지는 명분도 아름다움도 의리도 비극성도 동반 퇴색하지만, 리처드 3세가 리처드 3세를 기괴하게 여기는 극에 달할 때까지 축적되는 기괴의 과정, 그 기괴의 미학, 즉 기괴의 이미저리와 그럴듯함은, 사례를 찾기 힘들다. 실제 역사에서 마가릿은 장미전쟁 패배 후 그녀 아버지가 몸값을 지불하고 데려갔고 그 뒤 잉글랜드로 돌아오지 않았다.

1955년 올리비에는 자신이 감독 출연한 영화 한 편으로 가장 유명한, 그리고 가장 자주 패러디되는 리처드 3세 배우가 된다. 셰익스피어 《헨리 6세 3부》의 몇몇 장면 및 연설을 시버가 다시 쓴 희곡 '리처드 3세'와 합친 그 영화 대본에는 마가릿 왕비와 요크 공작부인이 아예 없고, 위 리처드의, 유령들의 저주 그 후 독백이 없다. 코미디언 피터 셀러즈는 1965년 비틀즈 음악 특집 TV 방송에서 비틀즈 노래 '고된 하루의 밤'을 올리비에의 리처드 3세 풍으로 읊었고, BBC TV 시튜에이션 코미디 《블랙 애더》 시리즈 첫 에피소드 또한 올리비에 영화를 일부 패러디, '자애로운' 리처드가, 셰익스피어 원작 대사를 망가뜨린다. 이제 우리 달콤한 만족의 여름은 구름 뒤덮인 겨울이 되었다 이 튜더의 구름들이 해냈어……. 2002년 영화 《거리의 왕》은 리처드 3세 이야기를 갱단 풍속도로 녹여 내고, 2011년 영화 《왕의 연설》에는 '이제 우리 불만의 겨울은/ 영광의 여름 되었다 이 요크 가문 태양 아들이 해냈어' 대사를 읊는 리처드 3세 배역 오디션이 나온다.

튜더 가문의 첫 왕 헨리 7세(치세 1485~1509)는 1483년 자신의 맹세를 지켜 1486년 요크의 엘리자베스와 결혼, 요크 가와 랭커스터 가를 통합하는 식으로 튜더 왕가 왕권 기반을 탄탄히 다졌고 그의 사망 후 헨리 8세가 순조롭게 왕위를 이어 받았다.

《헨리 8세》는 지문이 셰익스피어 작품 가운데 가장 정교하며, 도버 윌슨 및 소수를 제외한 셰익스피어 학자들이 존 플레처와 합작인 것으로 여기며, 아마도 셰익스피어가 1막 1장과 2장과 4장, 3막 2장 1∼203행(왕의 퇴장까지), 5막 1장을, 플레처가 프롤로그 및 에필로그를 포함한 나머지를 썼을 것이고, 드라마라기보다는 일련의, 각 개인들이 겪는 재앙이나 사건들의 나열이다. 울시 추기경과의 권력투쟁에서 밀려 대역죄로 고발당하고 재판받고 처형당하는 버킹검 공작, 강제 이혼당하고 끝내 죽음을 맞는 캐서린 왕비, 왕과 결혼하는 앤 불린, 그것을 막으려던 음모가 들통 나 실각하고 역시 죽음을 맞는 울시, 캔터베리 대주교에 임명되었다가 윈체스터 주교 가디너의 탄핵을 받지만 왕이 나서서 위기를 모면시켜 주는 크랜머…… 그리고 마지막은 앤 불린과 헨리 8세 사이 태어난 국왕 장녀 엘리자베스, 훗날 엘리자베스 1세의 세례식을 축하하는 일대 소란이고 장관이다.

2. 셰익스피어 '연극=생애' 안팎

튜더 왕조 시대부터 지금에 이르기까지 잉글랜드(영국) 왕실은 일을 크게 세 가지로 나누어 고관에게 각각의 책임을 맡기는바, 왕실 제3위 고관인 사마관(司馬官, the Master of the Horse)이 주로 바깥일을, 제2위 고관인 가령(家令, the Lord Steward)이 음식과 음료, 조명 및 난방 따위 지하 일을, 그리고 제1위 고관 궁내장관(the Lord Chamberlian of the Household)은 지상의 모든 일을 담당한다. 군주의 거처, 의상, 여행, 손님 접대,

여흥 등등. '궁내'는 다시 둘로 나뉘는데, 1) 궁내 사실(私室)은 엘리자베스 1세 여왕 시대의 경우 궁내장관, 부장관, 기사 4명, 기사장(Knight-Marshall), 신사 18명, 궁내관(Gentleman-Usher) 4명, 말구종장(Groom-Porter), 말구종 14명, 고기 써는 사람 넷, 술잔 따라 올리는 사람 셋, 재봉사 넷, 수행 기사 종자(Squire to the body) 넷, 2등 궁내관(Yeoman-Usher) 넷, 시동 넷, 전령 넷, 여왕 전속 목사(Clerk of the Closet) 둘, 그리고 많은 귀족 신분 시녀 및 하녀들이, 2) 알현실은 수행 시하인(Esquire of the Body)들과 더 많은 궁내관 및 말구종들이 관리했다.

셰익스피어는, 모든 배우-공동소유주들이 그렇듯, 궁내장관 직속의 말구종 신분이지만, 월급을 받은 것은 아니다. 잔치 및 공연 따위를 담당하는 일이 헨리 7세 때 상설 부서로 격상되고 책임자가 임명되었는데, 직제상 궁내장관 직속이지만 점차 극장 전반에 폭넓고 독립적인 권력을 행사하게 된다. 공공극장에서는 오후 두 시경 공연이 시작되어 두 시간 혹은 두 시간 반 동안 이어졌고, 개인 극장에서는 어차피 인조 조명이 필요했으므로 더 늦게 시작할 수도 있었다. 포스터 따위로 공연 작품을 홍보했고, 트럼펫을 세 번 불어 공연 시작을, 깃발을 달아 공연 중임을 알렸다. 비극일 경우 천정에 검은 커튼을 매달았다. 극장 입구에서 입장료를 거뒀고, 최상층 관람석 입구에서 추가 요금을 받았다. 세 번째 트럼펫 소리가 울리면 프롤로그가 전통적인 검은 복장으로 등장하고 연극이 공연되는데, 공공극장에서는 아마도 중간 휴식이 없었지만, 개인 극장에서는 음악을 위한 중간 휴식이 있었고, 이 전통을 17세기 초 극장들이 변형된 형태로 채택하게 되었을 것이다. 공연이 끝나면 에필로그가 나와 관객에게 박수갈채를 부탁하고, 지그 춤곡이 이어졌다. 관객들이 빠져나가면 배우-극장주들이 거둔 돈을 계산, 최상층 추가 요금의 반을 임대료로 극장주(아마도 자기 자신들)에게 지불하고 고용 배우들에게 급료를 주고 나머지를 자기들이 챙겼다. 역병과 청교도들이 배우들의 최대 적이었다. 런던은 상인과 장인들, 그들의 도제들과 여행자들의 도시였고 도시를 다스리는 것은 런던 시장, 그리고 12개 복장 조합이 선출한 대표들로 구성된 시 자치체였는데, 역병이 돌면 추밀원이 시 자치체 성화에 못 이겨 극장 폐쇄를 명할 밖에 없었고 그러면 런던 배우들은 지방을 순회하며 지역 터줏대감 극단들과 힘겨운 경쟁을 벌여야 했다. 1584년 배우들은 역병으로 인한 사망자가 주 50명을 넘지 않는 한 공연을 허락하는 게 이치에 맞다고 주장했고 시 자치회는 온갖 원인으로 인한 사망자 수가 3주 연속 50을 넘지 않아야 한다고 답했는데, 1607년에는 역병 희생자 수가 30을 넘을 경우, 그 후에는 40을 넘을 경우 자동적으로 극장 문을 닫았을 것이다.

셰익스피어 사극들을 따라 우리는 곧장 셰익스피어 탄생 직전까지 왔다. 피터 홀의 '완전히 다른 사람이 되는 능력'과 '그 능력을 다룰 수 있는 또 다른 능력'은 물론 역사상 가장 민활한 시적 상상력과 연극 기획력, 그리고 극장 운영 수완을 갖춘 예술가 가운데 하나였던 그를 통해 잉글랜드 역사가 응집, 현재화할 뿐 아니라, 예술-미래화한다. 그리고, 첫 작품 《헨리 6세 2부》를 쓰기 시작한 1590년부터 마지막 작품 《헨리 8세》를 마친 1613년까지 이어지는 그의 '연극=생애'는 잉글랜드 역사 이전 그리스 신화 (《한여름 밤의 꿈》), BC. 1천2백 년 무렵 미케네 문명 그리스인들이 10년 동안 벌인 트로이 전쟁(《트로일루스와 크레시다》, 소포클레스(497~406 BC.) 당대인 BC. 491년 무렵 볼스키 족을 이끌고 로마를 공격했으나 아내와 어머니의 간청에 로마를 봐주고, 오히려 볼스키 족한테 죽임을 당하던 초기 로마 공화국 귀족(《코리올라누스》), 에우리피데스(469~399 BC.)와 소크라테스(450~404 BC.) 당대 그리스(《아테네의 타이먼》), 헬레니즘 시대(《페리클레스》), 로마공화국이 제정으로 넘어가던 시절(《줄리어스 시저》, 《안토니와 클레오파트라》), 그리고 플루타르크(46~110) 당대 (《티투스 안드로니쿠스》) 역사까지 응집, 현재화하고, 예술-미래화한다. 그리고 걸작들은 그 응집, 현재화, 예술-미래화를 끊임없이, 갈수록 질 높게 추동하는 동시에 끊임없이 그 추동의 결과물이다.

김정환

1954년 서울 출생. 서울대 영문과를 졸업했다.
1980년 《창작과 비평》에 시 '마포, 강변동네에서' 외 5편을 발표하면서 작품 활동을 시작했다.
시집 《지울 수 없는 노래》《하나의 이인무와 세 개의 일인무》《황색예수전》《회복기》
《좋은 꽃》《해방 서시》《우리 노동자》《기차에 대하여》《사랑, 피티》《희망의 나이》
《노래는 푸른 나무 붉은 잎》《텅 빈 극장》《순금의 기억》《김정환 시집 1980-1999》
《해가 뜨다》《하노이 서울 시편》《레닌의 노래》《드러남과 드러냄》 등 20여 권의 시집과,
소설 《파경과 광경》《세상 속으로》《그 후》《사랑의 생애》,
산문집 《발언집》《고유명사들의 공동체》《김정환의 할 말 안 할 말》,
평론집 《삶의 시, 해방의 문학》, 음악 교양서 《클래식은 내 친구》《내 영혼의 음악》,
문학 창작 방법론 《작가 지망생을 위한 창작 강의 일곱 장》,
역사 교양서 《상상하는 한국사》《20세기를 만든 사람들》《한국사 오디세이》 등이 있으며,
《더블린 사람들》《셰익스피어 평전》 등을 번역했다.
2007년 제9회 백석 문학상을 수상했다.

헨리 4세 2부

Copyrightⓒ김정환, 2012

첫판 1쇄 펴낸날│2012년 10월 20일
지은이│셰익스피어
옮긴이│김정환
펴낸이│박성규
펴낸곳│도서출판 아침이슬
등록│1999년 1월 9일(제10-1699호)
주소│서울시 은평구 신사동 25-6(122-882)
전화│(02)332-6106
팩스│(02)322-1740
이메일│21cmdew@hanmail.net
ISBN 978-89-6429-125-2 04840
ISBN 978-89-6429-132-0 (세트)
책값은 뒤표지에 있습니다.